異域搜查師③

小鎮大怪

關景峰 著

新雅文化事業有限公司

www.sunya.com.hk

這是 魔幻偵探所 五年後的世界⋯⋯

　　由南森博士創辦的英國倫敦魔幻偵探所，把市內橫行的魔怪一一掃除，市民得到了片刻的和平。怎料，隱蔽在各個角落的異域中，卻出現了亂局，原來更邪惡的魔怪——大無臉魔雷頓正在醞釀驚世陰謀⋯⋯

人物簡介

海倫

年齡：17歲　　絕技：飛盾護體
前倫敦魔幻偵探所主任，臨危受命，被委任為魔法警察部的督察，來到失控的異域調查亂局源頭。

湯姆斯

年齡：20歲（外表12歲）　　絕技：暴風鐵拳
康沃爾郡魔法師聯合會精英，被調派到魔法警察部當海倫的搭擋。但來到異域後因吃了過期變身藥，變成小孩後無法復原。

餓了

魔怪類型：魔刺蝟　　絕技：尖刺攻擊
吃了有魔性的藥渣後，懂得魔法和説人類語言。被海倫從地下交易市場救出後，就跟着他們不走。因為總是吃不飽，所以被叫作「餓了」。

目錄

第一章　　　三號車廂　　　　　　　4

第二章　　　海倫的妹妹？　　　　　18

第三章　　　怪名字小鎮　　　　　　29

第四章　　　籠子　　　　　　　　　44

第五章　　　怪獸撞牆　　　　　　　59

第六章　　　挖陷阱　　　　　　　　72

第七章　　　功虧一簣　　　　　　　86

第八章　　　雙胞胎兄弟　　　　　　98

第九章　　　隱身前進　　　　　　　112

第十章　　　制伏計策　　　　　　　127

三號車廂

「⋯⋯是的，我們分析，雷頓就在亞伯丁，所以我們要去那裏。到了以後，估計能找到雷頓藏身的地方，到時候還要當地的魔法師聯合會配合。」海倫看着手機影像，她正在和倫敦魔法警察部的諾恩警司連線，此時的海倫他們，已經離開了諾蘭森林，在一座小鎮外。

異域城鎮的殺戮，經過海倫他們的一系列調查，終於直指大無臉魔雷頓，而且他們能夠確定雷頓就在亞伯丁藏身，大家都很有成就感。「這可是一場大行動。」海倫說道。

「好的，萬事小心，祝你們成功。」倫敦警察廳，魔法警察部指揮中心，諾恩看着影像裏的海倫。諾恩三十多歲，褐色頭髮，身體魁梧，戴着一副眼鏡，「你們的行動得到了批准。」

「好的，諾恩先生。」海倫點點頭，「我們

會和指揮中心保持密切聯絡，也請對我們多多支持……」

「完全沒有問題。」諾恩說道，「另外，還有一件事，那個……餓了，我是說刺蝟『餓了』，不是我餓了，牠在嗎？」

「在，牠就在我身邊。」海倫連忙說。

「好，讓我和牠通話。」諾恩說着正了正自己的領帶。

餓了和湯姆斯都聽到了諾恩的話，湯姆斯連忙碰碰餓了，海倫把手機靠在一塊石頭上，餓了站在手機前，擺了擺手。

「噢，你就是餓了。」諾恩也擺擺手。

「是，我是。先生，早上好。」餓了說，「提前預祝中午和晚上好。」

「嗯，謝謝。餓了，我正式通知你，根據你最近的表現，警察廳決定接納你了，你現在是倫敦警察廳魔法警察部的一名警長了，你隸屬於海倫和湯姆斯的團隊，目前任務是捉拿無臉魔大魔

頭雷頓。」諾恩很認真地説。

海倫和湯姆斯聽到很高興，相互擊掌。

「可真是太好了，這是我應得的，不過呢，我的警銜才是警長嗎？不是警司？」餓了剛高興了一下，隨即深沉起來，「我對於蘇格蘭場的警銜有些了解，海倫和湯姆斯是督察，警長比督察低一級，我不能成為警司嗎？和你一樣……」

「這要看你今後的表現了……」諾恩有些尷尬地笑了笑，説道。

「那麼我的薪水呢？還有各種福利，還有人身……不，刺蝟身保險，這你們可不能騙我，我可聰明着呢！」餓了嚴肅地説。

「都按照規定給你呀。」諾恩點了點頭。

餓了還想説什麼，被海倫搶過手機。

「餓了，哪有這麼跟長官説話的？」湯姆斯批評地説。

「先生，餓了剛剛加入，很多規矩我們還沒有和牠説呢，請不要介意。」海倫舉着手機，看

着諾恩警司，説道。

　　「沒關係，牠倒是很爽直。」諾恩警司笑着説，「那麼，接下來你們要特別注意安全了，亞伯丁那邊的雷頓，完全是一個未知情況⋯⋯」

　　諾恩又叮囑了一遍，海倫最後收起了電話。餓了不滿意湯姆斯打斷了牠，正在一邊爭執着，不過聲音並不大。

　　「好了，餓了，歡迎你的正式加入！」海倫伸出拳頭，和餓了碰了碰拳，「我們現在要去亞伯丁了，要是抓到雷頓，你應能升高級督察了。」

歡迎你的正式加入！

「是呀，拿破崙說過，不想當將軍的士兵就不是好士兵嘛。」餓了激動地比畫着，他看看湯姆斯說，「我有進取心，你應該恭喜我，你還攔着我和長官談條件……」

「你還知道拿破崙？」湯姆斯驚異地問。

「這有什麼奇怪？我知道的可多了……」餓了洋洋自得地晃了晃頭。

海倫和湯姆斯誇讚了餓了一番，對於牠的正式加入，兩人都很高興。隨後，海倫打開了手機上的地圖，他們要到亞伯丁去。亞伯丁距離這裏直線距離大概是二百公里，但是他們需要坐火車，火車線路將近三百公里。現在要先向東，去紐卡素市北面的萊斯伯里市，在那裏搭乘傍晚發出的火車前往亞伯丁，第二天早上，他們就能到達。本來他們也可以去紐卡素乘坐飛機，但是餓了上不了飛機，所以只能坐火車前往。

海倫打電話叫了一輛計程車，他們從小鎮乘坐計程車去了萊斯伯里市，那是一個不大的城

市，到了火車站後，距離開車時間還有一小時。海倫已經在手機上買了票，上車前，餓了只要鑽進湯姆斯的背包，就能一起前往亞伯丁了。

「⋯⋯我覺得那個雷頓，應該是躲在橡樹鎮，那個小鎮也是一個異域，住着很多的魔怪和巫師，就在亞伯丁市的西北邊。」候車室的長椅上，餓了像人類一樣，靠着座椅，比畫着說。

「這也太好找了吧，不能因為它是個魔怪，就認為它會躲在異域裏，也許躲在某個山洞、峽谷，甚至就在亞伯丁的某個公寓裏。」湯姆斯否定地說。

「也許吧，本警長不想和你進行毫無意義的爭辯。」餓了搖頭晃腦地說，忽然，牠看見對面的一個候車的小女孩，正在驚異地看着自己，連忙舉手打招呼，「嗨，你好嗎？」

「媽媽，有一隻刺蝟向我打招呼。」小女孩大概只有六七歲，她明顯更加驚異了，連忙告訴正在低頭看手機的媽媽。

「別鬧，愛麗絲，曾經有一隻大象邀請我去牠家做客啊。」小女孩的媽媽眼睛沒有離開手機，語氣充滿了不相信。

海倫和湯姆斯都很慌張，湯姆斯抱起餓了，把牠放進了自己的背包。隨後很尷尬地對小女孩笑了笑。

「媽媽，刺蝟被放進了背包。」小女孩立即通報給她的媽媽。

「噢，愛麗絲，大象被塞進了冰箱。」小女孩的媽媽還是繼續看着手機熒幕。

湯姆斯和海倫一起站了起來，走到後排座位，遠離那個小女孩。

「我說，餓了，在人類世界，你還是不要說話，這會帶來很多麻煩的。這裏不是異域。」海倫把頭靠近背包，壓低聲音說道。

「不說了，現在只有三文治能堵上我的嘴。」餓了的聲音從背包裏傳出來，「快去給我買，我餓了。」

「你什麼時候不餓？」湯姆斯抱怨地站了起來，但還是向不遠處的一個車站速食店走去。

他們吃了湯姆斯買來的食物，餓了吃完就心滿意足地在背包裏躺下。海倫看看時間，覺得可以去候車了，於是站起來帶湯姆斯去了月台。

萊斯伯里站北向的月台也不算大，月台上稀稀拉拉地站了幾個人。即將到來的列車是從伯明罕開出的，在這裏停留七分鐘。海倫看到列車由遠及近而來了。

「五號車廂的E-1和E-2座位。」在停下來的列車車廂入口，海倫又看了看車票，隨後走進了車廂。這個車廂裏的人不多，座位都是半臥式的，可以供乘客夜間休息。由於是臨時買票，臥鋪票已經賣完了。

他倆很快就找到了座位，湯姆斯坐在靠近走廊的座位上，按下下方的按鈕，座位開始放倒。他半躺在座椅上，感覺像個富豪在享受中。

車廂前幾排似乎只有兩三個人坐着，海倫他

們上來後，就再也沒有別的乘客上來，也許只是因為他們太早上來，列車還會停靠好幾分鐘。

「真不錯。」湯姆斯對這個座位讚不絕口，「就這麼一路躺着去亞伯丁，舒適的旅程……」

「我來試試。」餓了從背包裏忽然跳出來，牠跳到湯姆斯的身邊，歡快地彈起，「哇，皮沙發！很舒服……」

湯姆斯立即捧起餓了放回背包裏，並抱怨起來。餓了不僅往外跑，還說話，要是讓別的乘客看見，一定引起圍觀甚至恐慌，這可是他們要避免的。

餓了似乎接收了湯姆斯的批評，沒有再出來，也不再說話了。湯姆斯這才安心，再次躺下。之後覺得車廂裏的溫度不怎麼高，隨手打開座椅上放着的小毛毯蓋在身上，這下就不冷了。

海倫也躺下，她也蓋上了毛毯。這一天的奔波，她和湯姆斯都有點疲憊，她想只要一開車，很快就能睡去。

列車傳出廣播，説還有一分鐘就要開車了。這節車廂似乎不會再有人上來……

「鈴——鈴——鈴——」，提示音忽然響起，車門馬上就要關閉了。這時，海倫和湯姆斯身後的車門有人匆匆地跑了上來，隨即車門關閉了。

「啊，趕上了——」那個人氣喘吁吁地自言自語道。

列車開動了。那個人站在車門那邊，穩定了一下情緒，隨後走進車廂。

海倫他們的座位比較靠近車門，那人從兩人身後走過，海倫看見他穿着一件紫色的外衣，手裏提着一個包，向對面的車廂走去。

前面車廂之間的門打開，列車員走過來驗票了。那人迎着列車員走過去，隨

後站住。

「三號車廂是在前面嗎？」那人問道。

「是的，繼續往前，過了四號車廂就是三號車廂。」列車員說。

「好的。」那人點點頭，「哎，差點沒趕上車，還好上來了！」

「找到座位，請好好休息一下。」列車員關切地說。

那人側身走過，隨後向前走去。

海倫這邊，她和湯姆斯全都用毛毯蓋住了臉，等到那人走進四號車廂，車廂門關閉的聲音傳來，兩人全都露出臉，隨後面面相覷。

「奧古斯丁！」湯姆斯極驚異地看着海倫，說道，「絕對是它！」

這時，列車員走了過來要驗票。海倫立即把手機上

14

的訂票記錄給他看，列車員點點頭走了。

「就是它。」海倫已經把椅子恢復成正常，「它變成了人形，上了這列火車，不過它那特殊的聲音沒有變，一聽就能聽出來。」

「喂，我剛才聽到了奧古斯丁的聲音，細聲細氣的。」餓了從背包裏探出頭，問道。

「噓——」湯姆斯連忙做了一個噤聲的動作，「它剛從這裏走過去，幸虧背對着我和海倫，沒發現我們，要是剛才你在外面，它一定能認出你來！」

「不要在這裏囉嗦了，過去把它抓住……」餓了激動地比畫着。

「它去了三號車廂，買了那裏的座位，還穿着紫色的衣服。」湯姆斯也很激動，轉頭看了看海倫，「我們兩面包抄，還是直接衝過去把它抓住？」

「冷靜，千萬冷靜。」海倫擺擺手，「奧古斯丁是獨自逃跑的，它一定會去小無臉魔他們

的據點，所以選擇在這裏搭火車，因為這裏是距離諾蘭森林最近的火車站了。它不知道雷頓的所在，我們就算把它抓住，它也沒法帶我們找到雷頓。一直帶領它的蓋魯，應該也去了據點，不如悄悄跟着它，我們就能在據點把所有小無臉魔一舉抓住。雷頓沒有了這些幫兇，能量小了一半，到時候我們再去抓雷頓。」

「可以，我覺得可以。」湯姆斯點點頭，「與其現在抓到奧古斯丁，不如跟着去它們的巢穴。而且蓋魯它們應該早已回去了。」

「喂，我説，兩位，我不反對跟蹤奧古斯丁，但這會不會又是一個圈套呢？」餓了充滿疑問地説，「奧古斯丁不會把我們引到另一個山洞，又把我們抓住吧？」

「這次應該不是，首先我們都從諾蘭森林的憂傷谷出來，在距離最近的車站遇到，很正常。另外，我們剛才絕對沒被跟蹤，奧古斯丁不會知道我們在這列火車，所以這是巧遇。」海倫分析

說，「當然，我們也不能掉以輕心，稍後的跟蹤要小心；找到它們的巢穴後，更要小心！」

「明白了，我們一定小心。」湯姆斯點點頭，「現在怎麼辦？這列火車中途要停十個站，奧古斯丁不一定在亞伯丁下車，我們要盯住它呀！」

「湯姆斯，你去三號車廂盯着它，它在哪裏下車，你用手機通知我們。」海倫說道，她看了看湯姆斯，「不過你現在這個樣子不行，它一下就能認出你……」

第二章 海倫的妹妹？

海倫說着站起來，向前面和身後看了看，車廂裏人不多，前面幾個人似乎都休息了，完全沒有人注意這邊。他們的後面一個乘客都沒有。

「變身──」海倫一指湯姆斯，唸了一句魔法口訣。

「唰」的一下，湯姆斯變成了一個十三四歲的小姑娘，大大的眼睛，金色的頭髮，樣子完全和湯姆斯不同。

「哇，海倫，你把你弟弟變成了妹妹了！」餓了叫了起來。

「海倫你是按照你的家族遺傳基因對我施法嗎？」湯姆斯聽到餓了的

話，看着自己說道。

「注意，說話聲音要細一些，像個女孩子。快去吧，你這樣一個小女孩不會引起奧古斯丁的注意。」海倫擺擺手，「本來它的腦子就不太靈。」

湯姆斯有些憤憤不平地走了，他穿過四號車廂，來到了三號車廂的門前。他做了一個深呼吸，推開車門，走進了三號車廂。

三號車廂是一個普通車廂，不是臥鋪，也沒有五號車廂那種折疊椅。湯姆斯看過去，也許是座位靠背都很高，他沒有看見紫色的外衣。

湯姆斯慢慢地向前走去，他假裝不看兩邊，但用餘光審視着經過的一排排座椅，這節車廂人也不多，很多座椅都是空的。忽然，經過D排座位的時候，他看到有個男子靠在座椅上，手裏拿着一個圓圓的礦泉水瓶子，無所事事地看着前方。這個男子穿着紫色的外衣，湯姆斯能感覺到一絲絲從他身體裏散發出來的魔怪反應，他就是

奧古斯丁。奧古斯丁沒有在意湯姆斯，他低頭看着地面，也不知道在想什麼。

湯姆斯沉住氣，慢慢地走向前，他一直走到車廂門那裏，推門走出去，在三號和二號車廂門之間站了半分鐘，隨後轉身回來，一路向回走。再經過奧古斯丁的時候，他目視前方，假裝什麼都不在意。他走到了H排座位，這排座位沒有人，湯姆斯找個位置坐下，從這裏能觀察到前面奧古斯丁的舉動。

「海倫，它在三號車廂D排靠近走廊的位置。」湯姆斯撥通了海倫的電話，壓低聲音，「它變成一個中年人，但是身上有淡淡的魔怪反應，絕對是奧古斯丁。」

「很好，但小心，不要被他發現。」海倫說道，「他身邊有沒有其他人？」

「沒有。」湯姆斯說，「三號車廂都是普通座位，他不會坐到亞伯丁的，我想他用不了很久就會下車⋯⋯」

正在這時，奧古斯丁那邊，發出「呼」的一聲。奧古斯丁手裏拿着的礦泉水瓶掉到了地上，隨後一直向着湯姆斯這邊滾動，滾到他的腳邊，湯姆斯下意識地伸腳擋住了水瓶。

奧古斯丁探出頭，看見水瓶滾到湯姆斯這邊，它立即起身走過來，彎腰從湯姆斯腳邊撿起了水瓶，然後微笑着看着湯姆斯。

「我……我在給我姐姐打電話……」湯姆斯緊張地看着奧古斯丁。奧古斯丁變化的男子，相貌非常和藹。湯姆斯雖然緊張，但是説話的聲音還是盡量模仿女孩子，這點他並沒有忘記。

「請隨便……謝謝……」奧古斯丁説道。他向湯姆斯表達謝意，感謝他幫忙擋住了水瓶。

「啊，不客氣。」湯姆斯連忙説。

奧古斯丁拿着水瓶走了。湯姆斯長出一口氣，他手裏的電話，一直都沒有掛。

「……它的礦泉水瓶滾了過來，我給攔住了。放心，它沒有認出我來……」湯姆斯繼續説

道。

「盯住它，要是有什麼異常，盡量不要和它在列車上打鬥。」海倫叮囑道，「車上還有其他旅客。」

「明白。」湯姆斯說着掛上了電話。

前面，奧古斯丁靠在椅子上，一動不動的，似乎是睡着了。湯姆斯微閉着眼睛看着它。

五號車廂，海倫把頭靠近湯姆斯的背包，餓了把頭稍微探出背包。這個背包，一直放在湯姆斯座椅旁的另一張座椅上。

「湯姆斯一個人在三號車廂，沒問題吧？」餓了疑慮地跟海倫說話，「我們是不是也過去？」

「相信他吧，沒問題的。」海倫說道，「我們全都過去，反倒會引起奧古斯丁的關注。」

「你把我變成列車員，我也去三號車廂。」餓了依舊很焦急，「萬一奧古斯丁發現了湯姆斯，我也能幫他把奧古斯丁抓住。」

「你這個身形太小，我要變化你成為列車員，保持時間可不長呀。」海倫為難地說。

「那我自己變，我也是會魔法的，不過魔力嘛……」餓了在背包裏握了握拳，「我變！」

「唰」的一聲，背包裏甚至飄出極淡的白霧，海倫連忙用手扇去煙霧。背包裏的餓了，竟然變成了一個漢堡包！

「你這是讓我給奧古斯丁送一個漢堡包嗎？」海倫伸頭看着背包底部餓了變化的漢堡包，「小心它把你給吃了！」

「我再變！」餓了扭了扭身子。

「唰」的一聲，又一股白霧冒出來，餓了再變化了。海倫扇去白霧，看到牠變成一包薯條。

「接下來要變成可樂，才是一個套餐呀。」海倫無奈地說。

「唰」的一聲，海倫話音未落，餓了真的變成了一杯可樂，不過牠隨即變了回來。

「就是這幾樣了，我會變化的不多。」餓了

說道，「似乎用不上呀。」

「你變化的東西離不開吃的嗎？難怪你叫餓了。」海倫搖着頭說，「你就不要再變了，確實用不上，湯姆斯能應付它。」

「我要向你多學習一下。」餓了很不滿意自己的魔法能力。

這時，一個旅客從他們身邊經過，海倫連忙用手擋住背包拉開的拉鍊，自己則靠在椅子上。

「別說話了。」那個旅客走過，海倫對着背包裏小聲說。

這時，列車廣播裏傳出聲音，說列車五分鐘後將停靠在貝里克車站，停車時間五分鐘。

海倫有些緊張起來，她擔心奧古斯丁在這一站下車。她的電話忽然震動起來，是湯姆斯打過來的，他也聽到了廣播，所以告訴海倫目前奧古斯丁一切正常，並沒有下車的意思，他會一直和海倫保持通話，直到再次開車。

幾分鐘後，列車在貝里克站停下。湯姆斯說

奧古斯丁還在車上，海倫這才放下心。

　　列車再次出發，下一站是愛丁堡站，海倫看了一下時間，已經九點多了，到達愛丁堡的時間大概是十一點。

　　餓了已經不吵鬧了，牠告訴海倫，要在背包裏休息一會。餓了感到累，其實海倫也一樣，她打電話給湯姆斯，叫他也稍微休息一下，到達愛丁堡之前醒來就可以。列車是封閉運行的，而且奧古斯丁明顯是搭乘列車趕路，它也沒發現自己被跟蹤，更不可能中途跳車。

　　本來就安靜的列車，此時更加安靜了。五號車廂的燈都被調暗。海倫閉目養神，她的耳邊只有車輪摩擦鐵軌發出的「哧、哧」聲。

　　三號車廂，湯姆斯閉着眼，靠在椅背上，他已經調好了時間，到達愛丁堡前十五分鐘手機就會震動。剛才他又觀察了一下前面的奧古斯丁，它已經橫着躺下睡覺了，因為身邊座位都是空的，也就肆無忌憚地躺下了。

　　不知不覺中，湯姆斯也睡着了，不久，手機的震動讓他猛醒，醒來後第一件事，就是看向奧古斯丁那裏，但它竟然不在！湯姆斯心裏一驚，站了起來也沒看見，他連忙走過去。果然，走廊右邊，也就是奧古斯丁所在的那排座椅都是空的。湯姆斯急了，難道奧古斯丁跑了？不過他稍微一轉頭，看到走廊左邊，奧古斯丁正在緊靠着窗户，伸着頭向外看着。

　　湯姆斯長出一口氣，外面都是黑暗的，也不知道奧古斯丁在看什麼。湯姆斯連忙倒退着回到自己的座位，奧古斯丁還在那裏看着外面，沒有發現曾有人走過來。

　　湯姆斯坐好，也向外面看去，遠處倒是有點燈光。湯姆斯感覺奧古斯丁既然醒來了，有可能會在這裏下車。

關鍵人物

變身後的湯姆斯

這位並不是小海倫，而是變身後的湯姆斯。海倫為了派湯姆斯到另一車廂監視奧古斯丁，故意把他變成女孩子，而且跟自己小時候同一樣子。餓了還以為這是海倫的妹妹。

化成人形的奧古斯丁

在憂傷谷中僥倖逃走的小無臉魔之一，竟然化成人類面孔，並混入火車之中。幸好海倫他們憑着這人特殊的聲線認出了它的真身，但這個無臉魔的目的地是哪裏呢？

怪名字小鎮

「列車廣播響了起來，說還有五分鐘就要到愛丁堡車站了。奧古斯丁此時回到了原來的座位上，座位旁邊的那瓶礦泉水，又被它拿了起來。湯姆斯這才知道，魔怪也會喝水，奧古斯丁拿着一瓶礦泉水，倒也沒什麼奇怪。

列車開始減速，奧古斯丁忽然站了起來，並且向前面的車門走去。果然它要下車，湯姆斯立即撥通了海倫的電話。

列車到站，車廂門一打開，奧古斯丁馬上下車了。湯姆斯跟在後面下車，五號車廂那邊，海倫背上湯姆斯的背包，也下了車。

愛丁堡站是一個較大的車站，上下車都有不少旅客。奧古斯丁下車後，隨着人羣向車站出口走去，它忽然轉身向後看了看，湯姆斯連忙躲避在一個身材高大的男人身後。

「海倫，它出站了，我距離它三十米。」湯姆斯戴上了一個耳機，和海倫保持連線，「你跟在我身後，千萬不要靠太近。」

「明白，它能認出我。」海倫説道。

海倫把領子高高豎起來，擋住半張臉，她能看到前面的湯姆斯，湯姆斯距離她也有三十米。

奧古斯丁出站後，沿着站前的小路向南走，湯姆斯和海倫跟着它。穿過小路口，一條大街出現，奧古斯丁走在街邊的人行通道上，此時的愛丁堡已經夜深人靜，路上行人極少，街上的車也只偶爾駛過。

「不知道它要走多遠，我們要再變身然後接力跟蹤。」海倫和湯姆斯一直保持着通話，她看了看周邊的環境，「否則萬一它停下來，我們就尷尬了，現在它身後只有我們兩個。」

「好的。」湯姆斯説，説完他停住腳步，「現在你先跟。」

海倫看了看身後，沒有人。她默唸一句魔法

口訣，「唰」的一下，變成了一個約二十歲的年輕男子，衣服也變成了男裝，背包顏色也變了，不變的只有背包裏的餓了，估計牠已睡着了。

海倫快步走過去，經過湯姆斯的時候，用手向他一指，默唸一句魔法口訣，湯姆斯當即變成了一位約四十歲的成年男子，而且身材高大。

「嗯，我以前就是這麼高。」湯姆斯自言自語，非常興奮，「把我變回以前的模樣該多好！」

海倫快步走上去，跟在奧古斯丁身後。奧古斯丁沿着大街一直向南走，步伐加快。海倫也跟着加快步伐，奧古斯丁忽然站住向後看，它看到了海倫。海倫低着頭，若無其事地快步超過了奧古斯丁，轉進到另外一個小巷裏。

「湯姆斯，由你來跟。」海倫小聲地説。

奧古斯丁沒有發現任何異常，它感覺海倫就是一個趕夜路的人。它轉身繼續向南走去，這時，它身後的湯姆斯默默地跟了上來。

海倫在小巷深處，借着路燈看到奧古斯丁走過，隨後湯姆斯又走過。海倫再次走出巷口時，她已變成了一個戴着眼鏡的瘦小男子。

奧古斯丁一直向前走下去，它身後是湯姆斯，湯姆斯身後是海倫。之後，它走了大約五公里的路也沒有向後看，然後走出了愛丁堡市，來到了郊區。

奧古斯丁站住，四下回頭看了看，看到了湯姆斯。湯姆斯只好從他身邊經過，隨後一路向前走去。

「我超過它了，不知它要到哪裏去，真麻煩。」湯姆斯不耐煩地說，「海倫，你跟上它。」

湯姆斯轉身到了一所房子後，奧古斯丁繼續向南走，海倫遠遠地跟在它的身後。在房子後悄悄觀察的湯姆斯看到海倫走過，慢慢地走出來，跟在她身後。

「如果它繼續停下再看到我一次，我們就隱

身，我們在郊外跟蹤會讓它起疑心的，不是我們的裝扮，而是因為郊外人太少了。」海倫小聲地說。

「明白。」湯姆斯點着頭說道，他忽然一驚，「啊呀，海倫，它走進山林了。」

奧古斯丁邁步走進了一片林地，海倫連忙加快步伐跟上它。湯姆斯默唸隱身術口訣，突然就變得無影無形了，他對變身術掌握得極其一般，可以說不懂，但是隱身術還是會的。海倫也唸了隱身術口訣，同時變得無影無形了。

海倫開啟了夜視眼，帶着湯姆斯連忙跟蹤，隱身的人相互之間是可以看到的。他們在密林中跟上了奧古斯丁，和它保持着五十米內的距離。

奧古斯丁一直向密林深處走去，前面有些起伏了，因為地勢已經處於一片丘陵地帶。

「這裏是皮特蘭丘陵呀……」海倫邊走邊小聲地說，「它一直往南走，我就想可能會到這裏，因為皮特蘭丘陵深處，也有一個異域小鎮，

叫『時間真慢鎮』，現在它這個行走方向，就是去那裏。對了，這個鎮一直比較平靜，不像別的異域城鎮，最近都亂哄哄的。」

「時間真慢鎮？」湯姆斯想了想，「這名字好奇怪呀……難道這些小無臉魔的據點在這個怪名字小鎮上？」

「跟緊它。」海倫説着向前走去。

這片丘陵地帶的坡度不是很陡，但是林木茂盛，海倫和湯姆斯在密林中跟了大概有五公里，湯姆斯還差點踩進一條溪水中。

奧古斯丁對密林裏的路似乎很熟悉，它自如穿行，又走了兩公里，之後忽然站住。

海倫和湯姆斯也都站住，此時他們距離奧古斯丁不到三十米遠。奧古斯丁身旁，有一塊巨大的長條形石頭，石頭像是要起飛一樣，一半插在地上，另一半斜着從地面凸起。

奧古斯丁從石頭下彎腰鑽了過去，海倫和湯姆斯也慢慢跟上。鑽過石頭後，前面有一個石頭

台階，一步步地向下，大概向下走了十多米，台階又抬高了兩米，一道瀑布出現在他們面前。奧古斯丁毫不猶豫地鑽進了瀑布，海倫和湯姆斯也跟着鑽進去。

鑽進瀑布，對於開啟着夜視眼的海倫來説，眼前的景象是豁然開朗。前面是一個小鎮，小鎮處於一片丘陵之上，各種房屋錯落有致，一條道路直接通向鎮裏。奧古斯丁已經走在了路上。

海倫用手抹了抹被瀑布打濕的頭髮，和湯姆斯跟了上去。

「你們在給我洗澡嗎？為什麼不叫醒我？」海倫的背包裏，餓了探出頭，説道。

「小點聲，我們在跟蹤。」海倫扭頭説，「是剛才經過瀑布的水淋濕你的。」

「跟蹤⋯⋯」餓了明顯還有睡意，反應還是有些遲鈍，「我睡覺之前，好像一直在跟蹤奧古斯丁，這傢伙頭腦好像有點問題⋯⋯」

奧古斯丁已經離開了大路，走到一條小道

上，這條小道通向一所房子，這所房子看起來很古老，有兩層，樓頂上有個很高的煙囪。這似乎是間石屋，房子周圍都是樹，遠看倒沒有什麼異常之處。房子背靠着山，完全獨立，周圍兩百米沒有另外的房子。

奧古斯丁走到房子前，但是沒有進去，它先往回走了十幾米，又往前走了二十幾米，隨後返回到房子的大門前，敲了敲門。此時，隱身的海倫和湯姆斯快步走到它身後。

「誰呀？」房間裏傳出一個聲音。

「喬治長着一對大門牙。」奧古斯丁說道。

「喬治釣的魚從來沒有超過兩寸長。」裏面似乎在回答奧古斯丁的這句話，但這樣的對話很奇怪。

　　門開了，開門的是無臉魔蓋魯，它嘴角那道傷疤很是明顯。奧古斯丁看見蓋魯非常激動，它的身體一晃，立即還原了無臉魔的模樣。無臉魔都沒有眼睛和鼻子，粗看很難區分，但是細看區別很大，奧古斯丁的頭就很瘦長，像是豎起來的橢圓形；身體也瘦高，而且它的嘴大概是長在鼻子位置的，這就和其他無臉魔不太一樣。剛才它倆說的話莫名其妙，應該是在對暗號。

　　「噢，蓋魯，見到你太高興了。」奧古斯丁熱情地去擁抱蓋魯。

　　「別激動。」蓋魯簡單和奧古斯丁抱了抱，隨後向外看了看，「沒有誰跟着你吧？」

　　「沒有，我在門前來回走了一下，我是確定

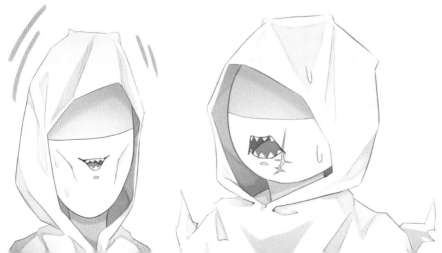

身後沒有人跟着才敲門的。」

　　它倆說着話，蓋魯把門關上了。海倫連忙走上去，把耳朵貼在門上，聽着裏面的對話。

　　「……我沒想到，你能逃出來，我以為你被抓住了呢。」蓋魯關上門後，說道。

　　「誰能抓住我？我有多厲害你都不知道，那幾個魔法警察確實抓住了我，但是我左一拳打倒一個，右一腳踢飛一個，吐了一口魔氣熏暈一個，甩甩頭撞趴下一個，瞪一眼直接嚇傻一個……」奧古斯丁得意洋洋地說。

　　「等等，當時一共就兩個魔法警察，還有一隻刺蝟和一個大鼠仙，你說的都已經五個了，我們碰到的是同一夥人嗎？」蓋魯顯然很清醒。

　　「我、我、我就是一個比喻……嘿嘿嘿……」奧古斯丁不好意思地笑了，「啊，還有誰逃出來了嗎？」

　　「達特逃出來了，它比我先逃走一分鐘，後來我們在萊斯伯里的火車站遇到，就一起回來

了。」蓋魯説。

「你也是搭乘火車回來的嗎？你是幾點的火車？我是七點那班的。」

「我是五點那班的。」蓋魯説，「達特一遇到我，就説格萊和默文被魔法警察打死了。」

「啊？它倆還欠我錢呢。為什麼魔法警察不把達特打死呢？達特沒欠我錢。」奧古斯丁無奈地説道，「那麼，達特去哪裏了？」

「買魔藥去了。我需要一些魔藥療傷，我和魔法警察打鬥，受傷了。」蓋魯説道，「逃出來就好，走吧，進去説話，別只是站在這裏。」

「進去嗎？『尤力』要咬我……」

「尤力關在籠子裏呢，不用怕……」

門口這裏，聽不到蓋魯和奧古斯丁的對話了，它們已經走了進去。

海倫離開大門，拉着湯姆斯到不遠的空地。

「我聽到它們的對話。前些天這幾個小無臉魔設下圈套把我們關到山洞裏，沒有害成我們，

反被打散。我們還跟着奧古斯丁來到這裏，這裏就是它們的據點，被打散了的都到這裏集合。」海倫小聲地說，「開門的蓋魯是它們的頭目，另外，有一個叫達特的，應該就是憂傷谷五個小無臉魔中那個矮個子，它也跑到這裏了，不過現在外出購買魔藥去了。」

「那我們怎麼辦？」湯姆斯問，「是等達特回來一起抓，還是埋伏好先抓達特？另外，你確定房子裏沒有其他的小無臉魔嗎？」

「喂，我還是覺得一起抓比較合適。」餓了把頭從背包裏探出來說。

「裏面只有奧古斯丁和蓋魯……」海倫想了想，說道，「還有個叫什麼尤力，不知道是誰……」

「那我們找個地方先躲一下，等那個達特回來……」餓了建議道。

「海倫，你的影子怎麼顯現出來了？」湯姆斯忽然說，「啊，我的影子也出來了……隱身咒

失效了，走路時間太長，魔力供應不上。」

　　的確，遠處的路燈投射過來，照在海倫和湯姆斯的身上，影子很明顯地鋪灑在地上。他們隱身的時候是透明的，路燈照過來當然沒有影子。可一旦顯身，影子就隨着身子立即顯現出來。

　　「應該是……」海倫驚慌地站了起來。

　　這時，遠處走來一個人，他大概三十歲，長相普通，手裏提着一個袋子。看到海倫和湯姆斯，他驚得把手裏的袋子掉在了地上。

　　「它是魔怪──」餓了突然大喊起來，海倫顯身後，餓了也顯身了。餓了不會隱身術，它剛才躲在背包裏，和背包跟隨海倫一起隱身。

　　「蓋魯──快跑──」那人大喊起來，聲音傳徹了這片區域。

第四章

籠子

　　海倫和湯姆斯立即衝上去，那人轉身就跑，餓了從背包裏跳出來，急速飛滾，滾到那人身前。那人落腳一踩，正好踩在餓了的身上，當即就大叫起來。餓了滿身的刺狠狠地插在他的腳上。

　　海倫衝上去，一把抓住那人，那人用力一掙脫，把海倫甩了出去。湯姆斯一拳就打在那人後背上，那人向前一撲，倒在地上，模樣隨即還原成了無臉魔。這個無臉魔身材矮小，有點胖，腦袋很大很圓，它就是達特。

　　湯姆斯上去一腳就踩在它的後背上，它怎麼掙扎也無法逃脫。

　　「還不老實——還不老實——」餓了縮成一個球，跳起來重重地落在它身上，用刺去插它。

　　「饒命——饒命——」無臉魔喊叫起來，停止

44

了掙扎，「別插了──」

湯姆斯掏出捆妖繩把無臉魔綁住，提起來讓它坐在地上。海倫走上來，蹲下身子看著它。

「你是不是叫達特？」海倫問，「剛才去買魔藥了？」

「你們這些魔法警察真厲害呀，什麼都知道，我、我就是達特。」達特點點頭，「叫那刺蝟別再插我了。」

「我想……」海倫不再理睬達特，而是看向身後的房子說，「蓋魯和奧古斯丁聽到喊聲，一定跑了。」

「不跑才怪呢。」湯姆斯很是無奈地說，「本來能全部抓住的……」

「我們大意了，一路跟蹤奧古斯丁，長時間隱身很耗費魔力，也容易失控，我們顯出真身正好被這傢伙看到了。」海倫非常懊惱地說，「現在我的魔力也很低，剛才抓達特都被一下甩開了，要不是我們一起努力，達特都抓不到。」

「我也耗費了魔力，這要慢慢恢復過來。」湯姆斯說。

「誰叫你通風報信——」餓了頭一低，露出後背上的刺，衝上去狠狠地插了達特一下，「我可有的是力氣——」

「啊——」達特叫了一聲，「下次不敢了——」

「還想有下次？」餓了說着又要跳起來插它。

海倫攔住了餓了，她四下看了看，指了指不遠處的房子。

「走吧，先進去，看看裏面的情況。」

湯姆斯押着達特，海倫跟在一邊，餓了最先來到房子門口，湯姆斯摸了摸門上的把手，然後一轉，門沒有打開，看來是鎖死的。

「鑰匙。」湯姆斯走到達特身邊，在它衣服口袋摸了摸，摸出了一把鑰匙。

湯姆斯走過去，用鑰匙打開了門。餓了先鑽

了進去，這是一間很古典的客廳，裏面的家具擺設都像是幾個世紀前的。餓了穿過客廳，來到後面的一個走廊，牠看見走廊盡頭的門是開着的，風正從門外吹進來。

「進來吧，它們從後門跑了。」餓了喊道。

海倫和湯姆斯一起進了房間，湯姆斯讓達特蹲在客廳一角，來到走廊，他也看到了後門開着，看來蓋魯和奧古斯丁真的跑了，這完全能預見。

湯姆斯和海倫開始一個一個房間找尋，確認沒有任何危險隱患。走廊兩側各有兩個房間，湯姆斯找左邊的房間，海倫找右邊的。

第一個房間裏是空的，湯姆斯感應不到任何魔怪的存在，他大聲喊「房間是空的」，海倫也從右邊房間走出來，回應什麼都沒發現。

餓了在客廳裏，死死地盯着達特。達特害怕又被插，縮成一團，根本不敢輕舉妄動。

湯姆斯從第二個房間走出來，上樓梯來到房

間的二樓，二樓是一個大廳，湯姆斯走過去，看到最裏面左右各有一個房間。

　　推開左邊房間的門，湯姆斯看到裏面有一個籠子，籠子的每根柱子，都幾乎有手臂那麼粗，每根柱子之間的間隙很小，籠子門上，有一個密碼鎖。籠子裏關着一隻大狗，不過仔細看，和狗的外貌不太一樣，又像一隻豹子，也不知道無臉魔養了什麼怪物。不過這隻怪物很可憐地臥在裏面，看到湯姆斯，它晃了晃頭。

海倫也上來了，她看了看另外一邊的房間，也沒有發現什麼。

他們各走出房間，算是檢查了整座房子。

「這裏沒什麼，養着一隻狗，可能是豹子。」湯姆斯邊走邊說，穿過大廳向樓下走去。

「無臉魔們怎麼會躲在這裏，要去問問達特。」海倫說道。

「也要問問奧古斯丁會去哪裏。」湯姆斯說，「不過這次它們又逃走，不好抓了……」

兩人來到一樓，看到了在角落裏的達特。

「它一動不動的，我看着呢。」餓了得意地說，「怎麼樣？什麼都沒發現？」

「找不到無臉魔，都跑了。」海倫說。

「我是說有沒有發現吃的，我餓了。」餓了聳聳肩，「現在是夜宵時間。」

「那你就去找找吧。」湯姆斯說着按住達特的肩膀，「你說，這裏是你們的據點嗎？你們這些小無臉魔走散了之後，都會回到這裏？」

「是，是呀。」達特點點頭。

「你們這些無臉魔住在這裏，不外出作怪嗎？」海倫問，「我們怎麼從來沒有接到過這個小鎮報告上來的混亂情況？」

「那當然了，因為我們要隱藏起來，才規規矩矩的，否則引來魔法師，早就把這個藏身屋發現了。這是蓋魯特意找的，沒有人租這種老房子，它就變成人類去租下了。」

「噢，明白了。」海倫點點頭，「你們很低調，小鎮上的魔法師一直沒發現你們。」

「當然，這裏太平靜，鎮上魔法師聯合會的幾個魔法師都被派到別的小鎮去維持秩序。」

「嗯……那這裏還會有誰來嗎？我說的是你們的同夥？」海倫又問。

「這個……我也不確定，我們一共十個小無臉魔，有被你們打死的，也有被活捉的，就像我一樣，也有仍然在外面的。我們都知道這個地方，走散了就會來這裏，不過具體誰會來，我也

不知道。」達特說道，「要不然你說說，哪些小無臉魔被你們打死和活捉了？」

「還來反問我們……」湯姆斯沒好氣地說。

這時，餓了上了二樓。牠抓住了達特，找到了小無臉魔的巢穴，感到有些得意。牠哼着歌來到二樓，看看大廳裏，不像是有什麼吃的，徑直走進左面的房間。

一進房間，餓了就呆住了。只見眼前的大鐵籠裏，有一個嬰兒爬在裏面，看見餓了進來，很可憐地看着牠。

「海倫和湯姆斯，看到這孩子不解救嗎？」餓了很生氣，「只顧着去審問達特嗎？關在籠子裏的滋味可不好受，而且還是個孩子！」

「他們說密碼是1234。」那嬰兒居然說話了，他指着籠子門上的密碼鎖，「可是我的手根本就伸不出去。」

「我來救你。」餓了說着站到密碼鎖前，踮起腳，伸手去按密碼。

　　餓了按下了密碼，密碼鎖「咔嚓」一下就開了。籠門彈起，開了一道縫隙。餓了扒開籠門，裏面的嬰兒一直都是趴着的姿勢，此時，他滿臉興奮地看着籠門。

　　籠門打開後，嬰兒爬了出來，餓了很高興。

　　「無臉魔把你關進去的吧？你父母是誰？無臉魔是不是要吃了你……」

　　嬰兒在地上忽然翻了一個身，身體一下就變成了一隻似狗又似豹子的怪獸，它站起來，狡黠地看了看餓了。

　　「你、你、你──」餓了完全驚呆了，他指着眼前的怪獸。

　　怪獸上去一巴掌就把餓了打得飛了起來，餓了撞在牆壁上，重重地落在地上。

　　樓下，對達特的審問繼續進行着。

　　「……你們在這裏還養寵物嗎？我看樓上有一隻大狗呀。」湯姆斯問達特。

　　「那是尤力，不是大狗，它是無敵怪

獸……」達特説着，瞪大眼睛看着湯姆斯的身後，「它……在……」

湯姆斯的身後，怪獸尤力已經從樓梯上衝了下來，它看見了達特，先是停了一下。湯姆斯和海倫發現達特目光異常，全都回頭看去，也看到了衝出來的尤力。

「怎麼自己跑出來了？」湯姆斯疑惑地問。

「怪物——怪物——會變化的怪物——」二樓，餓了跟了出來，在樓梯口大聲地呼喊起來，「截住它——」

尤力猛地衝了過來，湯姆斯完全沒有反應過來，僅僅是下意識地攔了一下，當即被撞得飛起來。海倫驚呆了，尤力猛地撞開大門，跑了。

海倫連忙把湯姆斯扶了起來，餓了也從二樓跑下來。

「嗨，是你嗎？」一邊的達特興奮地看着餓了，「是你嗎？你把尤力給放出來的？」

「我……我看到籠子裏有個嬰兒呀，我是好

心呀，我曾有過被關進籠子裏的經歷啊……」餓了驚慌失措地說。

「二樓的籠子裏關着一隻像豹子的大狗，怎麼是嬰兒呢？」海倫急着說，她忽然轉向達特，「達特，你說！這是怎麼回事？」

「那不是狗也不是豹子，只是外形有點像。」達特滿不在乎地說，「確切說，是一種有魔力的怪獸。不久前大無臉魔雷頓，讓蓋魯從約克郡的谷地帶來的，雷頓說今後它是我們的幫手，攻擊力很強大，讓它咬誰就咬誰，讓它吃誰就吃誰。不過它只聽蓋魯的話，連我都要咬，平時只能關在籠子裏。它可不想被關起來，總是想我們開鎖。打開那把密碼鎖很容易，它自己也知道密碼，可是它的爪子根本伸不出來，按不了按鍵，我們也不會幫它開鎖，省得它出來咬我們。沒想到被你們放出來了。」

「可是我看見的是一個小孩呀，他會說話！」餓了質問說。

「它也算是魔怪呀，智慧能達到人類兒童水平。」達特說，「我們都知道它的底細，不會去開那個密碼鎖，可是其他人不知道呀。它明顯知道屋子有外人進來了，你剛上去的時候還哼着歌呢，我都聽見了，我們誰都不會哼歌的，尤力當然也聽見了呀，它就變化成了嬰兒，騙你給它開門，你果然就上當了。」

「哇——哇——」餓了跳了起來，「它還把我打倒了，它就這樣對我這個救命恩人——」

「你說它這麼厲害，那它不能撞開籠子嗎？」海倫問道，「我看那籠子的柱子並不是鋼鐵。」

「籠子的每根柱子都很粗，是施過魔法的藤樹條做的，它的手爪伸不出來，也弄不斷柱子。」達特說，「而且……」

達特說着，很是神秘又得意地看看海倫，又看看湯姆斯。

「而且什麼？」海倫和湯姆斯一起說。

「你們有大麻煩了，尤力跑出去了，這件武器⋯⋯我是說它其實是我們的武器，我們還沒怎麼用過，只知道很厲害。蓋魯說過，它一旦出了屋子，可以自己變大⋯⋯比一匹馬還要大，因為它的攻擊要配合巨大體型才有威力。」達特帶着嘲弄的語氣，「這下看你們怎麼辦。我們都不想讓它跑出去，這是我們藏身的異域小鎮，本來就不想搞出事情。現在好了，尤力跑出門了。」

「你、你說的沒有誇張吧？」湯姆斯明顯感到害怕了，擔心那怪獸跑出去襲擊鎮上的人。

「那就看看結果呀。」達特晃了晃腦袋。

「這些⋯⋯你為什麼不早說？」湯姆斯生氣地喊道。

「你們也沒早問呀。我怎麼知道它能騙了你們？」達特說，「要不然，你們把我給放了，我帶着你們去把它抓回來。」

「你做夢！我上了一次當，還會再上你的當嗎？」餓了跳着腳喊道，「你又想我插你嗎？」

「不、不。」達特連忙緊張地説道。

「它跑出去後，能去哪裏呢？會有什麼樣的破壞力呢？」海倫焦急地問。

「你們會看到的，具體我也不知道，因為它以前從沒有跑出去過。以前蓋魯在控制它，現在蓋魯被你們嚇跑了，尤力就可以自己發揮了。」達特很興奮地説，應該是很高興這樣的事發生，「不過就算蓋魯在，也會指揮尤力咬你們！」

「湯姆斯，我們給這個小鎮……也許是給人類世界惹上大麻煩了。」海倫憂心忡忡地説，「這怪獸能變化，有思維能力，破壞性一定很強。」

「沒有這麼可怕吧？」餓了在一邊，強作鎮靜地問。

「嗷——嗷——」，這時，兩聲怪吼聲傳來，空氣都開始在震動。

第五章 怪獸撞牆

　　湯姆斯和海倫立即衝出了屋子，看着聲音傳來的方向，他們堅信這聲音是尤力發出來的。遠處，他們能看到幾間房子，房裏的燈全都亮了，但是看不見尤力在哪裏，周圍大地是一片黑暗。

　　海倫他們無奈地回到屋子裏，興奮的達特、恐懼的餓了看着他倆。

　　「這個小鎮的魔法師都派出去了，那鎮長叫什麼？住在哪裏？」海倫回去就問達特。

　　「鎮長叫安迪，是一個個子不高的老頭，住在哪裏不知道。」達特説，「除了蓋魯外，我們都是這個小鎮上的隱性居民，很少外出；外出也都變成人的樣子。蓋魯可能知道鎮長家，我説過了，這房子是它變成人的樣子租來的，具體事都要問它……怎麼樣？你們放了我，我幫你們去找蓋魯，找到它就能都問清楚了。」

「翻來覆去，你就是想逃跑！」餓了指着達特喊道。

「先關起來，把它交給愛丁堡魔法師聯合會。」海倫說道。

「好的。愛丁堡魔法師聯合會……聽說那裏有一對雙胞胎魔法師非常厲害。」湯姆斯說道。

「艾迪和艾爾，攻擊力強大無比的魔法師，我認識，希望來的是他們。」海倫說，「我們現在先要解決尤力的事情。」

湯姆斯又給達特加了一條捆妖繩，然後把它關進一樓的一個房間裏。出來的時候，海倫正在給總部指揮中心打電話，夜晚當然也是有人值班的，海倫說明了此時的狀況，另外請中心儘快聯繫愛丁堡魔法師聯合會，把達特帶走。

海倫放下電話，把和指揮中心的溝通情況告訴了湯姆斯和餓了。她的重重心事都掛了在臉上，湯姆斯也很焦急。

「我說，那個尤力，會不會跑遠了，離開這

裏了？」餓了問道。

「跑到哪裏我們都要負責。」海倫説，「只是這裏還關押着達特，我們不能離開，更不能帶着一個無臉魔去追尤力，關鍵是我們連尤力去哪裏都不知道。」

「這個小鎮是異域地區，要是尤力原本就不屬於這裏，進來不容易，跑出去也不容易，這裏的路很難找，我們也是跟蹤奧古斯丁才進來的。」湯姆斯分析地説，「要是尤力還在這裏……只希望它不要做出激烈的行為，傷害這裏的居民。」

「異域的居民大都不是普通人，也不是那個尤力想傷害就能傷害的。」餓了比畫着説。

「但願吧。」湯姆斯聳聳肩，未置可否。

接下來是沉默，海倫他們都不説話了。遇到這樣突發的事，的確很棘手。

湯姆斯想着下一步該怎麼辦，不知不覺中，他竟然睡着了，這一天實在是太累了。海倫想去

找鎮長商議一下，可是也不知道鎮長住在哪裏。只有餓了，真的在廚房裏找到幾罐果醬，牠倒是不驚奇，魔怪有時候也會食用一些人類食物，它們當然不是靠這些人類食物活着，僅僅是因為這些食物好吃。

餓了只要有食物吃，不休息也是沒問題的。牠不把放走尤力這過失當做一回事，吃完果醬後，牠去勸海倫，説跑掉一個怪獸沒什麼，天一亮，去把它抓回來就可以了。

「哪有那麼容易？」海倫説，「而且萬一造成人命傷亡，那可就……」

「我知道！我也不想放走它，我放走的是一個被關着的嬰兒呀！」餓了打斷了海倫的話。

「我也沒有怨你，你也是被騙的。」海倫説着歎了一口氣。

「轟──轟──」兩聲巨響傳來，湯姆斯都立即醒了。這次不是尤力的吼聲，而是一種破壞性的巨響。大家全都站立起來，聽着遠處傳來的聲

音，餓了也墊着腳尖，緊張地聽着。

「轟——」又一聲傳來。海倫第一個跑了出去，湯姆斯和餓了緊跟着也跑出去。海倫聽清楚聲音傳來的方向，向那邊飛快地衝去。

「轟——」那聲音更大了。海倫跑了一千多米，沿途經過幾所房子，有一所房子裏的兩個老者住戶，也走出房門，看着聲響傳來的地方。

遠處，借着路燈的燈光，海倫看到尤力——此時它的體型的確比一匹馬還要大，它正在用頭撞擊着一戶人家的外牆，一面牆壁塌了，房頂都歪斜，整個房子頃刻間就要完全崩坍的樣子。

「嗖──嗖──嗖──」三道電光射向尤力。射出電光的並不是海倫，而是一個穿着睡衣的老者，他的身邊還有一個同樣穿着睡衣的老婦人，似乎是這個房子的主人，從睡夢中被驚醒到外面。顯然，老者會一些魔法。

尤力被電光擊中，但好像並不在乎，僅僅是躲了躲，隨後又一頭撞向牆壁，「轟」的一聲，那面牆完全塌了。尤力看到牆壁塌了，興奮起來，它把頭探進房子裏，似乎在找尋什麼。隨即，它探着身子，鑽進屋子，似乎已找到了。不到半分鐘，它就從房子裏退了出來，嘴角掛着黑乎乎的東西，一股濃郁的香味，從屋子裏傳出來。

「哇──哇──吃我的東西──撞我的房子──」老者看到尤力退出來，本來正在疑惑尤力是否不受電光攻擊所影響，這下他急了，揀起一塊木板，衝了上去，狠狠地打向尤力。

尤力被打中就生氣了，它已結束了對房子的

攻擊，所以怒視着老者，一隻手爪用力地橫掃過來，打在老者身上，他頓時就橫着飛了起來。

海倫和湯姆斯上前接住老者，沒讓他落在地上。尤力看了看海倫和湯姆斯，憤怒地衝過去。

湯姆斯迎了上去，這次尤力沒有用手爪，而是對着湯姆斯一口就咬了下來，湯姆斯感覺到那股風聲，知道尤力的衝勁急猛，連忙閃身一躲，尤力咬空了。

「暴風鐵拳——」湯姆斯唸了一句魔法口訣，他的右手頓時變成鋼鐵臂膀，拳頭和手臂都增大了，在路燈下散發出金屬光澤。

尤力又咬了過來，它才不在乎湯姆斯的手臂變化，湯姆斯正好一拳打過去，打在它的臉上。尤力叫了一聲，明顯是被打痛了，不過讓湯姆斯驚異的是，尤力並沒有倒下，叫了一聲後，僅僅是身體稍微歪斜，隨即站住。

「嗷——」尤力大叫一聲，這聲音震動得四周的樹木樹葉都開始顫抖了。

尤力又撲上來，湯姆斯還在驚異中，下意識地後退了一步。尤力的兩個前爪抬起來，對着湯姆斯狠狠地拍下來。

湯姆斯想躲避，但是尤力的速度極快，轉眼間就被重重地拍在了地上，他掙扎着想擺脫，但無濟於事。海倫繞到了尤力身後，對着它的後腿猛地射出一道粗粗的電光，她凝聚了所有魔力。

電光打在尤力的後腿上，形成了一個拳頭大小的燒灼焦點，尤力痛得猛蹬後腿。它終於鬆開了湯姆斯，但是卻一腳把海倫踢了出去。

這時，餓了飛身跳起來，縮成一個球，砸在尤力身上，牠用身上的刺猛刺尤力，但無濟於事，反被彈飛後落進草叢。

附近的三四個鄰居也都跑過來，看得出他們都會魔法，有的射出電光，有一個甚至直接對尤力吐出一股烈焰，他們一起圍攻尤力，但是尤力毫無懼色，左躲右閃，隨即撲上去反擊。

那個老者和鄰居都嚇得連連躲避，眼看這麼

多人都拿尤力毫無辦法，湯姆斯爬起來後，從側面一躍，跳到尤力的後背上。他左手死死地抓着尤力的後頸位置，使得自己不摔下去，右手高高舉起，對着尤力的頭就砸了下來。

「哎」的一聲，尤力的頭被砸中。它側頭倒下，但是身體狠狠一甩，湯姆斯被甩得飛了出去，重重地摔了在地上。

「這麼厲害……」湯姆斯倒地後，手指着尤力。剛才他那一拳要是打在別的魔怪身上，魔怪早就趴下不動了。

海倫倒地後，已經扶着一棵樹，掙扎着站了起來，她剛才摔得很重。

老者和鄰居們都跑得很遠，躲在樹後看着尤力，似乎都絕望了。湯姆斯摔在地上，怎麼也爬不起來，海倫過去扶他，餓了也跟了過去。

尤力看着湯姆斯他們，嚎叫着衝過來，身體高高地躍起，前爪伸出，看樣子要把他們按住。

「快躲開——」海倫大喊一聲，同時猛地推

了湯姆斯一把。

　　湯姆斯被海倫推開，尤力的爪子拍了下去，微微擦了湯姆斯的身體一下。餓了本來也和湯姆斯在一起，牠聽到了海倫的喊聲後，先是一驚，隨後縮成一個團，想滾動着躲開，但是慢了半步。尤力的右手爪重重地拍了在餓了的後背上。

　　「啊——」

　　尤力的慘叫聲響

徹了整片大地，它痛得高高抬起右手爪，並用力去抖，但是餓了的背刺仍然牢牢地插在它的手爪上。

尤力痛不欲生，它躺倒在地上，伸出左手去抓餓了，想把刺拔下來，不過它又發出一聲慘叫，因為它的左手抓住另外的刺時，也被插得生痛。

尤力走到一棵大樹邊，用右手爪猛地去蹭樹幹，終於把餓了給蹭了下來。隨後它用左手爪着地，右手爪高高抬起，歪癟着身子，呻吟着一步一步地走進屋子後的樹林裏，不見了。

關鍵人物

尤力

由小無臉魔飼養的魔怪，非常
兇悍難馴。被蓋魯從約克郡的
谷地帶回來，所以只會聽從它
的指揮，其他小無臉魔都對尤
力避之則吉。它的身型可以由
狗變到馬一般大，也擁有小孩
程度的智商。究竟有什麼方法
可收伏它呢？

關鍵證物

魔法籠子

外圍的柱子雖然只是以藤樹條
製造，但異常粗壯而且被施過
魔法，被關在裏面的魔怪即使
強如怪獸尤力，也不能伸出爪
來弄斷柱子。要解開籠子只可
在外面輸入正確的密碼。

第六章 挖陷阱

那個老者和幾個鄰居看到尤力走了，大着膽子從樹後慢慢地走出來，這時，從更遠的地方也趕來一些人。

「餓了，你還好吧？」海倫走上前幾步，蹲下身子，看了看躺在地上的餓了。

「我……還好。」餓了從地上爬起來，「尤力走了？」

「走了，真是難對付呀。」湯姆斯也走過來，他一瘸一拐的，剛才被尤力打得不輕，「餓了，這次還好是它踩到你的後背上，否則不知道怎麼收場呢，我們打不過它呀。」

「我……」餓了眨了眨眼，「我就是這麼想的！它踩上來可不是個意外，我……半年前就想這麼幹了……」

「可是我們剛才知道有這麼一個怪獸……」

湯姆斯連忙説。

「你就是認真，我就是想表達這個意思。」餓了擺了擺手，「無論如何，你們都要感謝我，尤其是你，本來你應該被尤力給吃了。」

老者和那些鄰居走了過來，老者的夫人則站在半塌的房子旁邊，哭泣着。

「還好有你們姐弟幫忙，這隻大怪物才自己跑掉的。」老者走過來就説，「還有這會説話的刺蝟，太感謝了……」

「噢，不客氣。」海倫説道，「希望這隻怪獸沒有給你們帶來更大的損失，這個怪獸叫尤力，是個大麻煩，現在手爪受了傷，應該是躲起來療傷去了，可能還會出來害人……啊，請問你們的鎮長家在哪裏？」

「就在這裏呀。」老者指了指半塌的屋子，説道，「我就是鎮長呀。」

「安迪鎮長？」海倫有些驚異，脱口而出。

「正是。」那鎮長點點頭，有些興奮，

「我是電影明星嗎？連遠來的姐弟都認識我。」

「她不是我姐姐，我倆湊巧認識，湊巧在一起。」湯姆斯對於人們總是認為他是海倫的弟弟，有些不滿意，「鎮長先生，我們是魔法警察部的湯姆斯和海倫，還有餓了，我們……」

「你們餓了？」鎮長一愣，看着湯姆斯。

「我們不餓，是牠餓了。」湯姆斯指着餓了，隨後搖搖頭，「我說的是，牠的名字叫餓了。」

「明白了，牠的名字叫餓了，而且牠也餓了。」鎮長指着餓了說。

「啊，隨便了。」湯姆斯擺擺手，「總

之，我們是魔法警察，在異域小鎮進行調查，就是要找你了解一些情況。我們已經發現這個小鎮是無臉魔的一個藏身處，就是那邊那幢老房子，好幾個無臉魔常年躲在裏面……」

「有這種事？」鎮長大吃一驚，「這個小鎮一直很安靜，怎會有無臉魔躲着？別的異域城鎮都亂成一團了，我們這裏還是很平靜呀。」

「所以呀，這裏是無臉魔藏身的地方，要是也亂作一團，魔法師前來調查時，它們就無處可逃了。」海倫在一邊說道。

「啊。我明白了。」鎮長點了點頭，「我早就疑惑怎麼只有我們這裏平靜呀，原來無臉魔是默默地藏在這裏，再去別的城鎮搗亂呀。我們的魔法師都派出去了呢……可是，這個又像狗又像豹子的大怪物是哪裏來的？這裏可從來沒見過呀。它剛才撞牆後吃了我的覆盆子魔藥，只為吃這點魔藥就把牆撞開，傷好了以後會不會吃人呀？魔怪的傷不會養很長時間，那不是致命

傷。」

「怪物叫尤力，是無臉魔老大給小無臉魔找來的幫手，幫助它們作案，一直就藏着，沒放出來。」海倫說着表現出很明顯的不好意思，「但是這個怪物騙了我們，變成一個嬰兒，令我們放了它，它就跑出來了。」

「啊，原來是你們──」一個鄰居一直在一邊聽，聽到這裏，生氣地指着海倫，「怎麼那麼笨，認不出來是嬰兒還是怪獸嗎？」

「你喊什麼？」餓了指着那個鄰居，「告訴你，就是我放出來的，我被騙了！你們從沒被關進過籠子，我就被關進去過，知道那滋味，我只是想解救一個嬰兒……」

「不要吵，不要吵。」海倫說着環視着鎮長和他身邊的小鎮居民，「我們會負責到底的，這本來就是我們魔法警察的職責。我們剛才已抓到了一個無臉魔，愛丁堡魔法師聯合會的魔法師會來帶走它；接下來我們就抓住尤力，也要把它關

起來，你們都不要擔心。」

「我們把隱藏着的無臉魔據點挖出來，你們也不說感謝！」餓了在一邊不依不饒地說，聲音還很大。

海倫看了看餓了，餓了不說話了。

「我身為鎮長，也要配合你們，這也是我的職責。」鎮長先回頭看看居民，又看看海倫，「可是怎麼抓那個怪獸呀？很明顯，我們打不過它，現在也不知道它躲到什麼地方去了。」

「鎮長先生，你剛才說，尤力是為了吃你的覆盆子魔藥才把牆撞開的？」海倫問道。

「是呀，它那麼大的身型，從正門進不來，我也不會給它開門的。」鎮長比畫着說道。

「這種魔藥是增長壽命的？」海倫又問。

「是，我知道有些魔怪可以活好幾百歲，我為什麼不試試呢？」鎮長似乎有點不好意思，「雖然有人說服用這種魔藥不管用，但不試過怎麼知道呢？吃了一些後，我發現胃口很好，吃什

麼都香，這樣對我攝入各種能量一定有幫助，對我的生命延長也就有間接幫助了呀……」

「你這屬於養生學。」海倫說，「我並沒有問這些……」

「你是問那怪獸也想增長壽命？」鎮長吃驚地問。

「不是，不是這個。」海倫連忙擺擺手，「這種魔藥有一種異香，而且很美味，所以尤力被香味吸引到你家，進不了門就撞牆，最終吃到了。」

「看起來是這樣。」鎮長點點頭，「很可惜，我花了很多錢買的……」

「如果尤力這麼貪吃，那麼我們就有辦法抓住它了。」海倫打斷了鎮長的話，「早點抓住它，省得它在你們這個小鎮上到處破壞。」

正在這時，一個人驚慌失措地跑來，他大概四十多歲，身上和手上還有血跡。

「鎮長，你們都在這裏呀。」那人停下來，

氣喘吁吁的，「我、我剛才
和喬治出門，要去十幾公
里外的大熊湖釣魚，據說
早上的魚都很傻，能釣到
大魚，你知道喬治釣到的魚
從來就沒有超過兩寸長
的……」

「蘭斯，快説什
麼事。」鎮長沒好氣地
説。

「是、是。」叫蘭斯的人點點頭，「我們
剛從家出來，穿過山丘後的小路時，有個大怪
物，走路一瘸一拐，它看到我倆後，就開始攻擊
我倆。喬治算是會點魔法的，也被它打成重傷，
一對大門牙都掉了；我就死裏逃生，受了點輕
傷。」

「喬治呢？」鎮長立即問。

「送去診所了，正在急救，我跑過來報

信。不知道哪裏來的大怪物，像狗又像豹子，比駱駝還大，要不是它自己也一瘸一拐的，我和喬治都要被它吃了。」蘭斯驚魂未定地説。

「行了，我知道它是誰了！我們正在想辦法。」鎮長很憤恨地説。

「鎮長先生，覆盆子魔藥還有嗎？」海倫完全意識到，尤力會給這個小鎮帶來大麻煩。

「沒有啦，全被怪獸給吃了，不過老鄧尼斯那裏應該還有賣的，他是開魔法用品商店的。」鎮長説道。

「還有就好。」海倫説，「我有一個辦法……」

海倫指着鎮長家後面的樹林，她想在樹林裏挖一個大陷阱，陷阱上擺滿覆盆子魔藥，然後把尤力吸引過來。只要尤力掉進陷阱，那麼大家齊心協力，就能把它抓住。

這個辦法得到了大家的一致認同。此時，天已經曚曚亮了，接下來要趕快行動起來。否則天

亮後人們都出來，尤力也療傷完畢，它要是衝到街上，一定會造成重大人命傷亡的。

鎮長叫人去老鄧尼斯那裏購買覆盆子魔藥，隨後和海倫他們在樹林裏找尋挖陷阱的地方，他們找到一小塊空地，正好用來開挖陷阱，把尤力陷進去完全沒有問題。

湯姆斯和餓了跟着蘭斯，去他們剛才遭遇尤力的地方；海倫判斷尤力應該在那附近，不會走得太遠。尤力是受傷後遭遇二人的，本意應該是找個僻靜的地方治療幾乎被插穿的手爪。湯姆斯要先找到尤力，然後把它引誘到陷阱那裏。

鎮長指揮着居民，奮力挖開一個大洞，海倫讓他們抬來幾大桶水，倒進洞裏，然後用繩子放了兩個人下去，把洞底搗成厚厚的泥漿。這樣尤力掉進去後，越是有力氣掙扎，陷得越深。

攪拌好泥漿後，人們找來樹枝，擺在陷阱上面，橫豎都擺了十幾根，樹枝上鋪上報紙，然後開始鋪落葉。落葉鋪滿後，海倫又修飾了一下，

看上去和樹林其他地方沒
什麼區別，都是落葉。

　　老鄧尼斯聽説要捕捉
尤力的事，親自送來了覆盆子魔
藥。鎮長把這些覆盆子魔藥全都
拋在陷阱上，魔藥的香氣撲鼻，
很快就傳遍了這片樹林。

　　大家全都撤退到
不遠處的一塊巨石
後。天已經亮了，
海倫拿出手機，打給
了湯姆斯。

　　「……我們正在找呢，全靠餓了
的鼻子。」湯姆斯接聽了海倫的電話，此時他和
餓了、蘭斯正行走在一片林地裏，他壓低了聲
音，「我覺得快了，餓了已經聞到了一些尤力的
氣味。」

　　餓了此時已經走在最前面，牠是直立着行

走的，頭昂着，不時地深呼吸，感覺樹林裏各種味道。蘭斯剛才把他們帶到遭遇尤力的地方後，餓了已有發現，感覺到了極淡的魔怪氣味，順着氣味一路找下去，那氣味越來越濃了。

「今天的風向不錯，尤力的氣味正好吹過來。」餓了一邊走一邊說。

「我說，要是找到那個傢伙，我就走了，不想當誘餌。」蘭斯小心地跟在最後面，膽戰心驚地問。

「那你要確定能跑過我們。」餓了笑了，「我是第一屆刺蝟長跑大賽第一名，湯姆斯是第一屆人類長跑大賽第一名。」

蘭斯大吃一驚，愣在那裏。湯姆斯拉了拉蘭斯，隨後批評餓了亂開玩笑，嚇唬人。

忽然，餓了站住，開始用力地擺手。湯姆斯和蘭斯意識到牠有所發現，也都站在那裏。

餓了叫湯姆斯和蘭斯等在原地，自己小心地向前走了十多米，牠躲在一棵樹後，隱隱約約地

能看見遠處一個動物掩映在樹叢之中。

　　餓了又向前走了十多米，這次牠躲在一塊石頭後，看到了不遠處，尤力趴在地上，時不時地用舌頭舔自己的手爪。

　　餓了很激動，牠觀察了一下尤力周圍的情況，隨後轉身回去，看到湯姆斯和蘭斯緊張地等着自己。

　　「正在那裏舔爪子呢。」餓了指着尤力所在方向，小聲地對湯姆斯説，「距離我們大概五十多米，它沒有發現我。」

　　「好，等一下，我這就去告訴海倫。」湯姆斯立即説。

關鍵人物

安迪鎮長

「時間真慢鎮」的鎮長，年紀稍大，略懂魔法。因為他管轄的這個異域小鎮一向安靜，所以對於今次的騷亂大為煩惱。

蘭斯

「時間真慢鎮」的居民，在釣魚期間無辜地遭到尤力襲擊。雖然有點愚笨，但在交代尤力的去向方面，總算是提供了可靠的情報。

關鍵證物

覆盆子魔藥

由覆盆子提煉而成的魔藥，傳聞飲用後可以增長壽命，不過未能證實。但可以肯定的是，這種魔藥有一種異香，而且很美味。濃烈撲鼻的芬芳，連兇悍的大怪獸也會被深深吸引。

第七章 功虧一簣

湯姆斯又向後走了十幾米，拿出電話，打了給海倫。海倫告訴他，那邊已經準備好了，就等着把尤力吸引過來了。

「可是你們具體在什麼位置呢？」湯姆斯焦急地問，「尤力就是被我引過來，也不能亂跑呀，難道你們那邊四處都是陷阱？」

「鎮長家房子後面一百多米的地方，正對着鎮長家。」海倫倒是很平靜，「跑到這裏，你很遠就能聞到香味，可以順着香味跑。只要尤力跟着你們，到時候它自己也能看見覆盆子魔藥，一定會去吃的。注意，覆盆子魔藥是擺在陷阱上的，你小心不要靠近，否則會掉進去。」

「好了，我明白了。」湯姆斯説，「你們可要埋伏好，別給尤力看出來。」

湯姆斯放下電話，來到餓了和蘭斯躲避的地

方，他先是看了看蘭斯。

「蘭斯，你的任務已經完成，現在可以回去了，不要亂跑。」

「再見！」蘭斯轉身就走，很快就不見了。

「現在看我們的表演了。」湯姆斯看看餓了，「讓尤力跟着我們，原路回到鎮長家那邊。」

「你可得跑快點，不要半路被它追上。」餓了提醒說，「我沒問題，它不敢抓我，它一定怕我再插它一下。」

「走吧，我沒那麼笨，我跑得可快了，你說的，我是人類長跑大賽第一名……」

湯姆斯和餓了走到尤力身前十幾米的地方，湯姆斯撿起了一塊石頭，從樹後走出來，把石頭狠狠地砸向了尤力。

「啪」的一聲，尤力的腦袋被砸中，它頓時緊皺眉頭，看到了不遠處站着的湯姆斯。

「嗨，醜八怪——大笨蛋——」湯姆斯向尤力

比畫着，「我在這裏呢──」

「嗨，醜八怪──大騙子──」餓了跟着喊道，「我不會再上你的當了──」

尤力有點吃驚，它站起來，一時愣在那裏。

湯姆斯再撿起一塊石頭，又扔了過去。尤力連忙一躲，這次沒有砸中它。

「醜八怪──」湯姆斯又去撿石頭。

「嗷──」尤力生氣了，它大喊一聲，隨即向湯姆斯這邊撲了過來。

湯姆斯和餓了掉頭就跑，他們沿着來的方向，在樹林裏飛奔。尤力憤怒地追在後面，湯姆斯都不敢回頭，不過他能感到後背那股兇猛的威脅。

湯姆斯很快就穿過一片樹林，前面是一片草地，零零散散地長着幾株灌木。這麼寬闊的地域可能被尤力追上，可是其他地方無路可走。湯姆斯拚盡全力要穿過這裏，他看了看身邊，餓了像是一個圓球一樣，在自己身邊飛滾。

　　尤力怪叫一聲，它可不會放棄這樣的機會，它縱身一躍，居高臨下撲向湯姆斯，剛才的樹林裏它可不敢做這樣的飛躍，一是空間不夠，另外就是下撲的時候很容易撞到樹上。

　　湯姆斯感到了後面的風聲，他大跨步地縱身一跳，尤力的指尖差一點就搭在他的肩膀上了。尤力落地後，看到湯姆斯逃遠，自己沒抓到，似乎有些洩氣，慢慢停在那裏。

　　「尤力——醜八怪的平方——」湯姆斯回頭看了一眼，立即喊道。

　　尤力又追了過來，湯姆斯加快腳步奔逃。他和餓了穿過了平坦草地，又鑽進一片樹林。

　　「在、在追我們嗎？」在樹林裏跑了幾十米，湯姆斯不敢回頭，邊跑邊問。

　　「我也不知道——」餓了一直呈現出一個球狀，牠是憑藉湯姆斯在自己身邊的感覺來翻滾奔逃，「我都不敢打開自己——」

　　「呼——」的一聲，湯姆斯感到後背一道風

聲，他拼力一竄，尤力的手爪劃過他的肩膀，沒有抓住他。

「啊——還在追——」湯姆斯立即大叫起來，「為什麼只抓我呀——」

湯姆斯加快腳步，前面就是鎮長家的那片區域了。湯姆斯故意高喊幾聲救命，提醒海倫自己來了，尤力也來了。

前方，一股香味已經飄散過來，湯姆斯和餓了一起向香味飄來的地方跑去。

尤力龐大的身軀，在樹林裏跑起來有些障礙，它要繞過那些大樹，否則撞上去可受不了。它死死地盯着前面的湯姆斯，湯姆斯已經聞到濃烈的香味了，尤力也聞到了。

「尤力！醜八怪的三次方——」湯姆斯邊跑邊喊，唯恐尤力追不上來，「超級醜八怪——」

突然，湯姆斯被一塊石頭絆倒，身體一下就飛了出去，平着拍在地上。他剛想爬起來，一雙巨大的手爪把他按在了地上，那爪尖幾乎刺進他

後背的皮膚裏，湯姆斯知道自己被尤力按住了。

「完啦！救命呀——」湯姆斯絕望地叫着，他忽然看見了不遠處的覆盆子魔藥，「尤力！看那邊呀——」

「喂，尤力！看那邊——」餓了站在一邊，指着覆盆子魔藥，「那個好吃，湯姆斯不好吃，他五天沒洗澡了。」

尤力本來憤怒地按住了湯姆斯，搖晃着腦袋想要咬下去。它聽到湯姆斯和餓了的話，看到了覆盆子魔藥，兩眼頓時放光，它很陶醉地深呼吸，聞足了那覆盆子魔藥傳來的香味。

尤力幾乎是不由自主地放開了湯姆斯，它興奮地向覆盆子魔藥走了過去。

不遠處的海倫等人埋伏在樹後，本來海倫看見湯姆斯被抓住，想去救援，看到尤力鬆開湯姆斯才放心，又看到它激動地向魔藥走去。

尤力已完全忘了湯姆斯的存在，它張開大嘴向陷阱走去，只要再往前一步，一定踩進陷阱。

「尤力——站住——」一個聲音突然傳來，海倫聽到這個聲音，感覺很熟悉。

尤力明顯也很熟悉這聲音，它臉上貪婪的表情都不見了，而是吃驚地看着聲音傳來的方向。

就在海倫和鎮長他們躲避的樹林旁邊，一個身影竄了出來，並直奔尤力而來。緊接着，另一個身影跟了上來。

湯姆斯和餓了頓時驚呆了，跑來的兩個，為首的是蓋魯，後面跟着的是奧古斯丁。

蓋魯衝過來後，一把就抓住尤力的鬃毛，拚命地往後拉它。尤力很是順從蓋魯，它連忙往後退了幾步。

奧古斯丁從地上撿起一塊石頭，狠狠地砸向了陷阱，「唭」的一聲，陷阱上的一根樹枝被砸得彈了起來，陷阱也露出了一個洞。

「蓋魯，奧古斯丁！是你們？」湯姆斯已經從地上爬了起來，他指着蓋魯和奧古斯丁，他不知道它倆怎麼在這個時候跑了過來。

「不用這個樣子看着我們，沒錯，我們是跑了，但是在小鎮外面聽到尤力的吼聲，就回來了。」奧古斯丁得意忘形地說，「你們挖陷阱，我們早就看見了，一猜就知道你們要用陷阱抓尤力，所以我們就要把尤力救回來。」

海倫和鎮長等人也從樹林後走了過來，有幾個人手裏拿着一張大網，這是準備把掉進陷阱的尤力套起來的，另外幾個人手裏拿着獵槍。

蓋魯把尤力往後拉着走了十多米，躲開陷阱，尤力很服從蓋魯，奧古斯丁也退向蓋魯那邊。

「你們幹什麼？」蓋魯站在尤力身邊，看着圍過來的海倫他們，「你們還想抓住我們嗎？哼，本來我沒想過在這個小鎮使用尤力，我只想在這裏隱藏下來，尤力就帶到別的地方用的。現在就在你們這裏使用吧，看看我們的厲害！」

蓋魯說完，猛地一拍尤力，隨即用手指着海倫他們。

　　尤力得到了攻擊信號，猛地就撲了出去。

　　海倫和鎮長領教過尤力的厲害，他倆不禁停下腳步，另外那幾個拿着獵槍的人，舉起槍，對着尤力就開火了。

　　「噹──噹──噹──」一排密集的子彈，射向尤力，尤力只是渾身抖了一下，彈開了子彈的彈丸，繼續向眾人撲來。

　　「散開──」鎮長大喊，跑向一棵大樹後。

　　那些開槍的人開始慌忙躲避，有一個嚇得槍都掉了。海倫硬着頭皮迎了上去，她向尤力射出一道電光，尤力都沒有躲避，僅僅是微微晃晃身子，手爪橫着就掃了過來。

　　海倫連忙低頭，躲過了這呼呼帶風的攻擊。湯姆斯從尤力的側面飛起一腳，踢在它身上，尤力吼了一聲，一個轉身，手爪就打向湯姆斯。

　　湯姆斯眼看躲都躲不開，他推出雙臂，想去阻擋尤力那沉重的手爪。但是一接觸上，湯姆斯就慘叫一聲，他的雙臂幾乎都要斷了，身體也飛

出去，重重地摔在地上。

　　餓了縮成團，飛起來插向尤力，看到餓了飛刺過來，尤力還真是有些怕了，它後退了兩步。餓了落在地上，沒有刺中尤力。

　　「嗖——嗖——」，蓋魯射過來兩道電光，第一道射空，第二道正好射中餓了，餓了渾身散發出火花，隨後一股黑煙升起，餓了慘叫着翻滾到一邊，躺在了那裏。

　　「哈哈哈——我們最厲害——」奧古斯丁在尤力身邊，看到餓了被擊中，得意地喊起來。它看着樹林邊顫顫巍巍的鎮長等人，「膽小鬼們，醜八怪！你們也過來吧，來呀——」

　　「你說誰是醜八怪？」尤力忽然把頭轉向奧古斯丁。

　　「我、我……」奧古斯丁愣住，張口結舌的。

　　「去——」尤力的手爪一揮，奧古斯丁當即被它打了出去。

「尤力，自己人！」蓋魯連忙拍了拍尤力。

尤力點點頭，看來它真的只聽蓋魯的話。被打倒一邊的奧古斯丁，疼痛又尷尬地爬了起來，躲到了蓋魯的身後。

鎮長和幾個居民，看到海倫和湯姆斯被擊敗，膽戰心驚地想去幫忙，但怎麼也不敢。不過他們被奧古斯丁嘲弄的話刺激到，也生氣了，鎮長吶喊着給自己壯膽，硬着頭皮衝上去，他身後也跟上了幾個居民。

尤力看到鎮長帶人衝過來，迎着上去，並且大吼一聲。鎮長聽到尤力的吼聲，掉頭就跑，那幾個居民也跟着跑了。

「崩潰了——」蓋魯嘲弄地指着逃跑的鎮長，拍了拍尤力，「我們佔領全鎮——」

第八章

雙胞胎兄弟

尤力立即衝上去，蓋魯和奧古斯丁跟在尤力身後。海倫已經扶起了湯姆斯，看到鎮長逃跑，她也毫無辦法。

「拚啦——和它們拚啦——」餓了躺在地上，指着尤力，大聲喊道。

尤力沒有再往前衝，它聽到了餓了的喊聲，又看到海倫和湯姆斯，轉身就猛撲過來，身後的蓋魯和奧古斯丁也立即跟上。

「飛盾護體——」海倫喊出一句魔法口訣。

海倫身體前，出現了一面盾牌，盾牌呈狹長狀，懸浮在空中。盾牌不但護住了海倫，也護住了她身後的湯姆斯。

「噹——」的一聲巨響，尤力撞在盾牌上，那面盾牌一下就彈了出去，落在地上。尤力也是眼冒金星，差點倒下去，不過它努力站住，看到

飛走落地的盾牌，它
得意地笑了。

「魔法警察——你們
投降吧——」奧古斯丁指着海
倫和湯姆斯，「現在我們是這個鎮
的鎮長，這個鎮今後就叫——『時間不快不慢
鎮』！」

海倫扶起湯姆斯，想着躲開尤力的攻擊，

這邊尤力已經開始邁步過來。餓了掙扎着滾到尤力面前，想阻攔它；尤力這次用手爪貼着地面用力一掃，餓了頓時飛出去十幾米。

海倫和湯姆斯後退着，尤力大步走了過來。

「嗷──」尤力狂叫一聲，撲了上來。

尤力這次猛撲海倫，海倫先是躲了一下，但是躲不開，她用力去撥開尤力的前臂，但是根本就撥不開，當即被拍了在地上。

「吃了她──」奧古斯丁在後面喊道，「然後吃了她弟弟和寵物──」

海倫用力搬尤力的前臂，湯姆斯在一邊猛砸尤力，尤力身子一晃，頂開了湯姆斯。餓了跳到它身上，用後背上的刺猛刺，但是很快就被彈開，落到地上。

「嗷──」尤力又大吼一聲。

「轟──」的一聲，一個沉重的、散發着桔黃色光芒的光圈砸在了尤力的腦袋上，光圈是從幾十米外的一個光頭男子手中飛過來的。尤力慘

叫一聲，身體歪倒下去，海倫終於脫身；那個光圈砸中尤力後，又飛回光頭男子手中，而男子身後，還有另一個一模一樣的光頭男子，手中也拿着一個周圍散發着桔黃色光芒的光圈。

「艾迪和艾爾！」海倫興奮地眼睛放光。

「海倫！艾迪和艾爾兄弟前來報到——」拋出光圈的男子喊道，他和另外一個人都不算高，看上去兩人就是雙胞胎，年齡約四十多歲。兩人都是重重的黑眉毛，大眼睛，身材健壯，穿着古代貴族一樣的灰藍色衣服。

兩人向尤力跑來，尤力晃了晃腦袋，剛才它被砸得眼冒金星。

「蓋魯，那年輕姐弟倆請來了一對老雙胞胎！」奧古斯丁驚慌地躲在了蓋魯身後。

「我不是她弟弟——」湯姆斯對着奧古斯丁喊道。

「我們不老——」艾迪和艾爾也一起喊道。

匆忙中，湯姆斯能分辨兩兄弟了，他們中有一個是左手拿着光圈，另一個是右手拿着光圈。

「咬他們——」蓋魯指着艾迪和艾爾，對尤力喊道。

沒等蓋魯的話音落地，尤力已憤怒地撲向了兩兄弟，兩兄弟上去就和尤力打在一起。海倫和湯姆斯則一起撲向蓋魯和奧古斯丁，他們打在一起，餓了跟在海倫身後，前來幫忙。

尤力吼叫着，它揮動雙爪，又是抓又是拍；兩兄弟的武器就是光圈，他們的動作也很簡單，就是砸。尤力兩次被砸中，翻倒下去，隨即又爬起來。左手持光圈的是哥哥艾迪，他也被尤力拍倒在地上，同樣也是很快爬起來，繼續戰鬥。尤

力和兩兄弟一時難分高下，不過海倫這邊，她和湯姆斯越戰越勇，還有餓了的尖刺幫助，蓋魯和奧古斯丁很快就招架不住了。

艾迪和艾爾兄弟確實很善於打鬥，他們很快就找到優勢——一個攻擊尤力的頭部，另一個轉到尤力的後背展開攻擊。尤力首尾不能相顧，連連被光圈砸中，倒地幾次。但它也很狡猾，看出自己的劣勢，於是跑到了一棵大樹前，背靠大樹做掩護，阻攔來自背後的攻擊。

艾迪從正面用光圈猛擊尤力，艾爾則縱身上樹，他先是站在第一個樹杈上，看準樹下的尤力，舉著光圈，跳下來，狠狠地砸向尤力。

尤力感覺到了後背上的風聲，它身子一晃，連忙躲避，但是沒有完全躲開，光圈砸中側背，尤力叫了一聲，差點倒下去。

艾迪衝上去，他感覺尤力招架不住了，狠狠地用手中的光圈砸下去，尤力在身體歪斜的情況下一個轉身躲開了攻擊。艾迪撲得太猛，身體前

傾下去，尤力一掌拍過來，把艾迪打了出去。

「這麼厲害——」艾迪翻滾到一邊，努力地站起來。他和艾爾的雙重攻擊幾乎無敵，遇到尤力這樣的對手，也確實有些意外。

艾爾為掩護尤力對艾迪的進攻，一腳踢了過去，尤力用手爪擋開，把艾爾也翻滾到一邊。

另一邊，蓋魯和奧古斯丁開始被海倫三個圍攻，它倆見形勢不妙，邊打邊移動位置，向尤力這邊靠過來，尋求它的保護。

尤力打倒了艾迪，氣勢上來了，它左撲右殺，一頭把艾爾也撞倒了，兩兄弟氣喘吁吁的。

「先耗掉它的能量。」艾迪忽然對艾爾提醒了一句。

由於尤力背靠着大樹，兩兄弟一左一右，輪番上前展開攻擊，尤力左右躲閃着，時不時反擊，的確這很是消耗體能，它身上都冒下汗來了。

雙方似乎僵持住了，誰都無法擊敗誰。這

時，艾迪看了看艾爾。

「絕殺招！」

艾迪說了一聲，忽然開始後撤，艾爾也跟着後撤，這下尤力很高興，本來它感覺已經很難招架了，再打下去未必會被擊倒，但是會累倒。

兩兄弟各自撤了十多米，忽然，兩人雙雙站住，面對着尤力。

「雙圈合一——」艾迪和艾爾一起喊道，隨即兩人把手中的光圈一起向上拋了出去。

兩個光圈全都飛到了尤力的頭頂上五米的距離，隨即對撞在一起，但是沒有彈開，反倒是合併為一個更大的光圈，光圈全身散發着的桔黃色光芒也更加強烈了。

「呼——」的一聲，合體後光圈帶着風聲，急速下落，砸向尤力。尤力猶豫了一下，沒有立即躲開，剛才它也被砸中過，但是都扛了過來。

「咣」的一聲巨響，尤力稍微躲避，但都已晚了。光圈重重地砸在尤力的後脖頸上，它慘叫一聲，在地上滾了兩下，正好滾到蓋魯身邊。

光圈砸中尤力後，還原分開成兩個，各自飛回到了艾迪和艾爾的手中。

蓋魯去扶起尤力，尤力自己也掙扎着想站起來，但是第一次沒有成功。這時，海倫一腳踢過來，蓋魯連忙去擋，被海倫一腳踢倒。

尤力又掙扎着站起來，之後，它先是晃了晃腦袋，視線都已經模糊了，而且似乎無法呼吸。

「走，走，打不過他們了。」很少開口説話的尤力對爬起來的蓋魯説。

蓋魯也很想離開這裏，它已經知道了艾迪和艾爾兩兄弟的屬害。

尤力和蓋魯、奧古斯丁靠在一起，虛晃着

對海倫他們展開攻擊，海倫他們一招架，他們轉身就跑。海倫和湯姆斯連忙跟上，尤力後腿猛地撩地，飛起來的土石像是子彈一樣，射向海倫他們，速度極快。他們連忙用手護住臉部，土石打在他們的手臂和身上，非常痛。

艾迪和艾爾在海倫的身後也向前跑了幾步。遠處，蓋魯和奧古斯丁已經騎上了尤力。兩兄弟眼看着追不上了，全都停下來，站在那裏氣喘吁吁的。

「給他們跑了。」艾迪說道，「我們兩兄弟很少遇到這樣強的對手，真是難纏呀，打了這麼半天，再打下去，我們都感到沒有力氣了。」

「已經很好了，我們完全打不過尤力，啊，那個怪獸的名字叫尤力。」海倫走過去說道。她想起了什麼，指了指湯姆斯和餓了，「我來介紹一下，這是湯姆斯，他不是我弟弟，是不小心把自己弄小了，他是我的同事，也是魔法警察。還有餓了，也是我的同事。」

「很高興認識你們，還見識到了你們的厲害。」湯姆斯說道，「我也很早就聽說愛丁堡魔法師聯合會有兩個特別能打的雙胞胎兄弟。」

「沒想到把你們派來了，而且來得及時。要不然都不知道怎麼對付尤力了。」海倫感歎說。

「現在各個異域小鎮都在對付無臉魔，你們這裏居然抓住一個，會長當然派我們把無臉魔帶回去了。」艾爾說，「我是艾爾，他是我哥哥艾迪。剛才那個怪獸，是無臉魔的同夥？」

「大無臉魔雷頓給小無臉魔的幫兇，我們魔法警察部指揮中心應該也和你們會長說過了，小無臉魔們一直躲在這個小鎮上，準備帶着尤力出去幹壞事呢。」海倫說，「我們突襲了小無臉魔藏身的房子，但讓尤力跑出來了。」

「尤力造成了一些損失，還好被你們制止了。」湯姆斯接過話說，「鎮長家都被毀了，它還攻擊了兩個人……」

「那麼，你們說已抓住的無臉魔達特，它在

哪裏呢？」艾迪突然問道，「我們的任務就是把它帶回去，不過現在看來，要是尤力還在這個小鎮上，我們應該先要幫助你們抓到尤力。」

「達特……」海倫心裏一驚，「它被關在無臉魔藏身的房子裏，不算遠，它被兩根捆妖繩捆住，應該跑不掉的……但是……」

湯姆斯和餓了一起看向海倫，海倫緊緊地皺着眉頭。

「剛才蓋魯和尤力跑掉了，會不會把達特也救走了呢？」海倫繼續説。

「它們怎知道達特關在哪裏？」湯姆斯問。

「也許是回去取東西，畢竟是一直藏身的地方。」海倫説，「只要回去，達特一定有感覺，並會呼救，這樣就可獲救了。」

「這……」湯姆斯的眉頭也鎖了起來。

「回去看看不就行了。」艾迪説，「很遠嗎？」

「不算遠。」海倫環視着大家，「我們要馬

上過去看看。」

　　海倫帶路，大家一起向無臉魔藏匿的那個房子走去。鎮長此時也不知道跑到哪裏去了。

　　很快，大家就來到房子前，那所房子平靜地矗立在那裏，非常普通，像是剛才什麼都沒有發生過一樣。房子上那根高聳的煙囪很顯眼。

　　大家向房子走去，到了門口，湯姆斯向前擺了擺手，讓大家停下。大門是關着的，湯姆斯聽了聽，他感到裏面很平靜，但有魔怪存在的感覺，這很正常，因為達特就關在裏面。

　　湯姆斯輕輕推開門，第一個走了進去，艾迪和艾爾兄弟跟着，海倫和餓了在最後面。

前廳就和剛才一樣很空蕩。達特應該就在走廊左邊的第一個房間裏，湯姆斯走向那房間，兩兄弟跟着他，海倫則站在前廳中央，看着二樓。

「好像……二樓有聲音！」餓了很敏感，牠很是小心地説。

湯姆斯已經推開了房間的門，達特不在裏面。湯姆斯一驚，一隻手爪從門後突然伸出來，劈頭蓋臉就抓了下來。湯姆斯連忙後退，手爪抓破了他的側臉，血頓時流了出來！

第九章

隱身前進

海倫和餓了此時正看着二樓，忽然，二樓上兩隻手伸出，向他們連連射出幾道電光，一道電光正好射中餓了，牠大叫一聲，翻滾着躺地。

躲在房間門後攻擊的，是蓋魯；在二樓攻擊的，是奧古斯丁和達特！湯姆斯摀着臉，退回走廊上，艾迪和艾倫一時搞不清狀況，甚至不知道該反擊誰。這時，尤力從地面房間衝出來，一頭就把艾迪給撞飛出去。房間裏的尤力，體型要比外邊小很多，果然如達特所説，尤力可以調節自己的體型大小，在房間裏時就像是一隻大狗。

二樓之上，奧古斯丁和達特站到了欄杆處，對着海倫和餓了又伸出幾道電光，海倫一把抓起受傷的餓了，隨後向二樓射出一道電光，掩護自己撤退向大門。

湯姆斯和艾爾也從走廊打着出來，他們還扶

112

着受輕傷的艾迪。艾迪和艾爾進來的時候一直都是空手的，光圈已經被他們收了起來，因為他們不認為會有埋伏。

「撤——撤——」海倫大叫着，招呼湯姆斯他們快撤出房間，他們明顯也遭遇到埋伏。

大家先後從大門跑了出去，尤力緊跟着衝了出來。先撤出去的海倫已經有所準備，尤力一探出頭，她就連射三道電光，令尤力留在門口躲避着。忽然，一個光圈從天而降，狠狠地砸向尤力，尤力慘叫一聲，退回到了屋子裏。光圈砸中尤力後，飛回到了艾爾手裏。

奧古斯丁探出頭來，湯姆斯射出一道電光，擋住了它。看樣子它們都想跑出來。這時，意識到什麼的海倫連忙向後門跑去。她剛到那裏，就看見後門開了，蓋魯伸出頭來。

「嗖——嗖——嗖——」海倫連射三道電光，第一道就命中了蓋魯，蓋魯倒在地上，被身後的達特給拖了進去。

艾迪已經恢復過來，手持光圈跑過來增援。前後門已經被海倫他們給堵住了，這所房子兩側是沒有門的，只有幾扇不大的窗戶。

　　前門，艾爾撤出來後，當然想把無臉魔和尤力抓住，他手持光圈，開始衝擊。他衝到門前猛地推門，發現那扇門被什麼東西給頂住了，艾爾用光圈狠狠地砸門，那門一下就被砸破一個洞，但是門仍然是關着的，裏面應該用櫃子擋住了。整個態勢有了變化——本來無臉魔想在房子裏偷襲，但是沒成功，現在反被圍堵在裏面了。

　　「呼——」的一聲，二樓窗戶那裏，奧古斯丁伸手向下，一股火焰射出來，艾爾連忙躲避，但是身體還是被燒到，他慌忙後退，拍滅身上的小火苗。

　　湯姆斯連續向二樓窗戶射出電光，奧古斯丁低下頭，躲過電光攻擊，隨手射回幾道電光。

　　後門，餓了撲上去，撞了一下門，自己反被彈開。旁邊的一扇小窗戶，達特還射出幾道電

光。餓了連忙退了回來。

艾迪想從後門發起攻擊，被海倫攔住了。

「先不要進攻！我們進攻沒有掩護；他們躲在房間裏，反而有掩護。」

「它們怎麼會埋伏在裏面的？」艾迪指着房子，疑惑地問。

「應該是回來拿東西，正好我們也趕過來，被它們察覺了，就設下埋伏。」海倫説。

「哎，不要説了，現在我們炸開門——」餓了激動地指着後門，「把它們全都抓住！」

「就算攻進去我們人手也不夠，反正現在算是把它們圍住了。」海倫看了看餓了，「餓了！你去把鎮長他們找來，我們要團團圍住這裏，再進去把它們都抓住。」

餓了答應一聲，轉身跑了。海倫打電話給房子另一面的湯姆斯，叫他和艾爾守住前門，自己和艾迪就會守着後門。同時也要觀察兩側，謹防無臉魔跳窗逃走。

房子裏，一片響動聲，聽上去裏面的無臉魔正在加固房間，把這裏成為它們的城堡。海倫知道，如果此時進攻，必然會遭到無臉魔的集中火力攻擊。

　　天已經亮了。遠處，忽然傳來一陣嘈雜的聲響，海倫看到餓了帶着鎮長等人跑了過來。安迪鎮長最少帶了三四十個人過來，好幾個人還提着獵槍，有一個甚至還手持弓箭。

　　「找回來了──」餓了向海倫揮着手，「他們都在鎮長辦公室哭呢──」

　　「誰哭了？我只是不高興。」鎮長不高興地對餓了說。

　　「我們正在想是不是要逃到別的小鎮去呢。」蘭斯跟在安迪鎮長身後，說道。

　　「誰說要逃？你們提議的，我可沒答應！」安迪鎮長回頭瞪着蘭斯說。

　　「你說不反對的……」蘭斯立即反駁道。

　　「真的把無臉魔和尤力都包圍了嗎？」安迪

鎮長不理睬蘭斯，他看到了海倫，連忙走過去，很是興奮，「你們不是打不過尤力嗎？」

「這是愛丁堡魔法師聯合會的艾迪。」海倫見到鎮長，連忙介紹說，「那邊的一位魔法師是艾爾，他們是兩兄弟，有他們的幫助，我們才打敗尤力，並把無臉魔都圍在這裏。」

「我聽說過，無敵兩兄弟。」鎮長大笑起來，「太好了，這下我們不用逃到別的小鎮去了！」

「我們現在圍住無臉魔了，但是人手不夠。」海倫說，「你們來了就太好了，我們集中從前門、後門一起發起攻擊，衝進去抓住無臉魔。」

「放火燒它們，這些無惡不作的無臉魔！」安迪鎮長咬牙切齒地說，「所有的異域小鎮都被它們弄得傷亡慘重！」

「要抓活的。」海倫做了一個制止的手勢，「我們需要得到小無臉魔在各個異域小鎮活動的

資訊，只有通過審訊。尤其是它們是否還有其他像尤力那樣的怪獸，抓住蓋魯才能問出來。」

「噢，明白了。」安迪鎮長點點頭，「那我們就開始行動吧，前門、後門一起攻打，衝進去後艾迪兄弟對付尤力，我們這麼多人圍攻另外那幾個無臉魔，完全沒問題！」

海倫把艾迪兄弟和湯姆斯找到一起，商議了一下。最後，大家分成了兩個小隊——進攻前門的一號戰隊和進攻後門的二號戰隊。海倫和艾迪兄弟帶着二十多人組成一號戰隊，湯姆斯、安迪鎮長和餓了帶着二十多人組成二號戰隊。此時，小鎮居民陸續趕來，海倫讓那些會魔法的加入助戰，不會魔法的在遠處搖旗吶喊，增加氣勢。

無臉魔的房子前，一號戰隊躲在樹後，海倫從樹後探出頭，對面房子剛才一直有叮叮噹噹的聲音傳來，原來是無臉魔把房子兩側的窗戶全都釘上了厚木板，沒一會，房子那裏無聲無息，海倫知道，無臉魔就躲在房子的窗戶後面。

「蓋魯──奧古斯丁──達特──你們被包圍了，馬上投降──不要抵抗了──」

「嗖──」的一聲，一道長長的電光從房子射過來，打在樹幹上，直接削掉一塊樹皮。

「攻擊──」海倫揚了揚手，大喊一聲。

一個居民敲響了鼓，這是兩面同時進攻的信號。鼓聲剛落，樹後電光和子彈就一起射向房子。

吶喊聲中，海倫和艾迪兄弟一起衝了出去；後門那邊，湯姆斯、餓了和鎮長也衝了上去。

跟在海倫他們身後的，也有二十多人，這時，對面的二樓窗戶突然露出一個炮口。「轟」的一聲巨響，無數小球從炮口中射出，飛向衝上來的人，小球覆蓋了房前的空地，隨後在半空中爆炸，每一枚爆炸小球都散出藍色的光。

「啊──」空地這裏一片慘叫聲。海倫的後背被一枚爆炸小球的彈片擊中，她趴在了地上，轉身一看，跟上來的人很多都被擊中了，艾迪也

被炸中，空地上頓時亂成一片。

「撤——」海倫爬起來，大喊一聲。

人們哭喊着向樹林撤退，這時，前門旁的窗戶裏，尤力跳了出來，張嘴就去咬落在最後的一個傷者。艾爾沒有被打中，他衝過去，用手中的光圈對着尤力猛砸；樹後負責掩護的幾個人也對尤力射出電光，尤力這才轉身退到窗戶邊。它這次跳出來，體型只是跟一隻大狗一樣。

「轟」的一聲，窗口的炮口又是一閃，無數小球射出，追着撤退的人羣，在半空中爆炸。

受到攻擊的人們退到樹林裏，艾爾也背着傷者跑了回來。房子那邊，蓋魯從二樓窗戶探出了頭得意洋洋，呼叫尤力，尤力就跳進了窗戶。

後門那邊，湯姆斯他們也遭到了來自後門二樓窗戶的炮火攻擊，多人受了傷，連忙撤退到房子後的樹林裏。

海倫曾設想在房子大門前會爆發短兵相接，完全沒想到剛衝出去就遭到炮火猛烈攻擊。

　　湯姆斯那邊也都撤退了，他肩膀被炸傷。這輪攻擊，一共有五人傷勢較重，全都需要治療，其餘參加進攻的人大都也受了傷。

　　「嗨——嗨——」，房子那裏有聲音傳來。只見奧古斯丁從前門上的二樓窗戶探出頭，向樹林這邊揮手，它也是得意洋洋。

　　「我……」艾迪憤怒地想衝過去，被海倫一把拉住。

　　「我們該怎麼辦？」湯姆斯和鎮長已經從房子的側面繞了過來，他有些茫然地問。

　　「唉，我應該想到的，這裏是無臉魔藏身的地方，一定會有相當的防禦手段。」海倫很懊惱地說，「現在人手是夠，可重新準備新一輪進攻，但不知道它們還有什麼更厲害的手段。」

　　「它們那個大炮，我知道叫霹靂炮，炮彈在我們的頭頂爆炸，這個我們都對付不了。要是有更厲害的手段，我看我們是攻不進去了。」湯姆斯憂心忡忡地說。

「怎麼樣了──」餓了說着跑了過來，「商量這麼半天了，我們二號戰隊是不是再向後門發動一次進攻？」

「沒辦法接近呀。」安迪鎮長說，「無臉魔有霹靂炮，前後門各有一門……」

「海倫，你和湯姆斯能隱身，艾迪兄弟也會隱身吧？大家一起隱身，到了門前就撞門或跳窗戶進去，它們根本就看不見。」餓了建議道，「我不會隱身，你可以把我隱身呀，就一會，耗費不了你多少魔力。」

這個建議提醒了海倫。她先用魔法讓不懂隱身術的餓了和鎮長隱身，又選了幾個只受輕傷的魔法師，把他們也隱身。只要大家隱身走到房子前，砸開大門衝進去，就可向無臉魔施襲。其餘沒有隱身的人緊接着衝進來，就能控制場面。

隱身準備完畢，這次海倫計劃只從前門進攻，所有隱身的人都先藏在樹後。

海倫揮了揮手，隱身的人之間是可以相互看

到的，所有人跟在海倫身後，慢慢開始向前。海倫第一個走上開闊草地，房子裏的無臉魔沒有發現他們。海倫忽然加快腳步，後面的人也一起跟隨，他們很快就衝到了房子前。

海倫和艾迪準確砸開大門，然後湯姆斯和安迪鎮長等人就可以直接走向一樓的窗戶。

怎料，「唰——」的一聲，海倫的腳剛剛邁上門口的台階，一道閃光就在房前劃過！

關鍵人物

艾迪、艾爾

來自愛丁堡魔法師聯合會的雙胞胎魔法師，以武力和魔力高強而聞名。兩兄弟很有默契，戰鬥時以一左一右的光圈互相配合攻擊，令敵人難以抵擋。左手拿光圈的是哥哥艾迪，右手拿圈的是弟弟艾爾。

關鍵證物

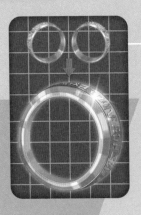

光圈

左右一對的沉重光圈，為艾迪和艾爾的專屬武器。在魔法的使喚下，可以自由在空中飛舞和攻擊，兩個光圈更可合併成一個更大更光的大光圈，對抗身型巨大的對手時尤其有效。

第十章

制伏計策

海倫和身邊的艾迪兄弟轉瞬間就顯出了原身，湯姆斯和鎮長也一樣。那道閃光忽然間爆炸，眾人一起都被炸得飛了出去。

「他們隱身偷襲！」蓋魯的聲音傳了出來。

「嗖——嗖——嗖——」，幾道電光從窗戶飛射出來。

「啊——」安迪鎮長被射中，慘叫一聲。

「火力掩護——」餓了原本是準備帶領沒隱身的人進攻的，看到門前的一切，牠大聲指揮射擊，掩護門前那些已經暴露的人。

「噹——噹——噹——」，樹後的人向窗戶裏的無臉魔開槍，還有魔法師射出電光。

海倫他們掉頭就往回跑，艾迪和艾倫架着受傷的鎮長，他們一路跑到樹林前。「轟」的一聲，二樓上的霹靂炮發射出炮彈，在半空中爆

炸，海倫他們狼狽地逃進樹林，差點被炸中。

「哎呀——」鎮長一路吼叫着，他被放到一棵樹下靠着坐，「胳膊斷了！腿斷了！腰斷了！」

「到底是哪裏受傷了？」湯姆斯問，隨後開始檢查，「啊！和我一樣胳膊受傷，不嚴重……」

「房子周圍被無臉魔施了顯身咒。」海倫很無奈，「它們早想到我們要隱身進攻。」

「海倫，昨晚我們接近房子，也是隱身的，但當時沒有觸碰顯身咒？」湯姆斯不解地問。

「顯身咒也很耗費魔力的，不可能一直有效的，當時我們沒有圍攻這裏，它們當然不會施咒了。」海倫解釋説。

「這下好了，我們的招數它們都想到了。」艾迪垂頭喪氣地説。

「我們的招數它們都想到了。」艾爾跟着説，同時也是一副垂頭喪氣的表現。

「真是雙胞胎呀，樣子長得一樣，說話也一樣。」餓了說道，「我說，也不用這麼悲觀……」

海倫看了看兩兄弟，他們的長相真是一模一樣，舉手投足也是。忽然，海倫有些興奮。

「湯姆斯，我們審訊達特的時候，它是不是說，尤力只聽蓋魯的話？」海倫問道。

「是的。」湯姆斯說，「我們不也看到了嗎？尤力確實只聽蓋魯的話，很順從它。」

「我有辦法了！」海倫的語氣平靜，但是很堅決。

十分鐘後，湯姆斯把能參加攻擊的人全都召集起來，仍然分成一號戰隊和二號戰隊。這次，湯姆斯指揮一號戰隊在房子前進攻。房子後，鎮長帶着十幾人，等待着進攻的鼓聲。

海倫站在一號戰隊的旁邊，她看了看湯姆斯，點了點頭。

湯姆斯親自擊鼓，房前房後的樹林中，殺聲

四起。

　　對面房子裏的無臉魔頓時緊張起來，湯姆斯都看見二樓的窗，霹靂炮的炮口閃現了。

　　眾人只是吶喊，沒有進攻。他們手中全都有一根樹枝，掃動地上的浮土，令煙塵四起，撲向前面的房子。很快，房前空地煙霧重重。

　　海倫借着樹林和煙塵的掩護，獨自跑到房子右側的樹林中，找到一棵大樹，藏在後面。

　　「衝──」湯姆斯大喊一聲，帶頭衝出去。

　　房子後面，鎮長也帶人衝了出去，他的傷口包紮了一下，現在已經沒什麼事了。

　　湯姆斯身後跟着十幾個人，吶喊着，衝到了空地上。而對面窗那邊，霹靂炮的炮口已經露了出來。湯姆斯他們衝到空地後，沒有繼續向前，而是轉身就往回跑。

　　「轟──」的一聲，霹靂炮開炮了，湯姆斯他們剛才站着的地方上空，炮彈炸開。而湯姆斯他們已經跑到了樹林裏，待霹靂炮剛剛發射完這

一炮，又再從樹林裏衝殺出來。

　　房子的後門也是這樣，攻擊的人輦衝出來幾十米後，掉頭就跑。這種舉動，讓無臉魔很緊張，也很迷惑。

　　海倫趁着前後門的混亂，快步從樹後閃出，房子的側面，也是塵土飛揚。海倫快跑到牆下，隨後扒着窗戶，飛身上房。她幾下就爬到了房頂，站在房頂上又爬到煙囱頂，用手扯下了防雨水的煙囱蓋。

　　房子前後，湯姆斯指揮大家撤回到樹林裏，隨即又再衝出來。湯姆斯看到海倫上到煙囱頂，他轉身帶着大家又跑回到樹林裏，這次沒有再衝出去，而是對着窗戶展開密集的射擊。

　　海倫頭朝下鑽進了煙囱，煙囱口對比她的身材還略大。她順着通道幾下就來到房間裏。她先從煙囱連接着的壁爐探出頭，看了看外面，這個壁爐已經不使用了，就是個老房子裏的擺設。

　　壁爐設立在客廳裏，那裏一個人也沒有。海

倫鑽了出來，小心地先蹲下，觀察地形。她所在的一樓，聽到外面的喊殺聲，還能聽見電光和子彈射過來打進屋裏的聲音。

海倫走了幾步，猛地發現尤力趴在窗前，看着外面。海倫默唸了一句魔法口訣……

尤力聽到身後的聲音，轉身一看，是蓋魯！

「尤力，跟我來。」蓋魯拍拍尤力。

「噢。」

尤力點點頭，轉身跟它走。

蓋魯帶着尤力來到樓梯口，帶着它上樓。這時，一排子彈從外面射進來，打在牆壁上，蓋魯連忙彎腰躲避。它看見達特正在窗邊，向外面射

出一道電光。

「奧古斯丁，轟炸他們呀——」達特大聲喊道。

「他們衝了一半路就跑回去了，這到底是攻不攻擊呀？」奧古斯丁的聲音從二樓傳來，「浪費我好多炮彈了——」

蓋魯把尤力帶上樓，它快步來到二樓左邊的第一個房間裏，裏面沒有人，其他無臉魔各守一面，都在交戰呢。

「尤力，進去。」蓋魯打開了用來關着尤力的籠子，「快！」

「為什麼？」尤力居然問道。

「進去——」蓋魯根本不解釋，而是加重了語氣。

尤力很不情願地鑽進籠子，蓋魯關上了籠門。它長出一口氣，走出房間，來到走廊，那裏的第一個窗戶，正有一個無臉魔在把守。它擺弄着一門霹靂炮，「轟——」的一聲，它發射了一

枚炮彈。而這個無臉魔竟然也是蓋魯！

操控着霹靂炮的蓋魯看着外面，根本沒注意身後有另一個自己。只見後面的蓋魯變回海倫的模樣，隨後一個加速，快步衝上前。

「嗨——」海倫大喊一聲，飛起來一腳踢了過去。

蓋魯被踢中了後背，它大叫一聲，從窗戶翻了出去，重重地摔在地上。

原來海倫是利用尤力對蓋魯的信任，為了欺騙尤力自己走進籠子裏，而變成了蓋魯的模樣。

海倫站到窗口，對着窗外招手。湯姆斯看到海倫得手，帶着人就從樹林裏衝了過來。

海倫轉身，向另外一邊走去，她要去制伏使用霹靂炮把守後門的其他無臉魔。

「奧古斯丁，把霹靂炮搬下來用一下，我這邊有個很好的射擊角度……」一陣蹬踏樓梯的聲音傳來，緊接着，達特走上了樓，它正好看見海倫，驚呆了，「奧古斯丁！魔法警察攻進來

了……」

海倫上去對着達特就是一拳，達特被打中胸口，身體撞在了牆上。窗邊，奧古斯丁慌忙把炮口對準屋裏，射出一枚炮彈。炮彈在屋子裏爆炸，把房子差點轟塌，奧古斯丁跳出窗戶就跑了。

海倫和達特都被爆炸震得趴在地上。爆炸過後，達特站起來，它也想跑，但被海倫起身後抓住，又狠狠打了一拳。

這時，湯姆斯第一個從窗戶跳了進來，艾迪兄弟砸開了門，大批的人衝了進來。

鎮長和幾個人捆着蓋魯也走了進來，餓了跟在他們後面。達特看到這麼多人，舉起了雙手。

「海倫，這傢伙跳下來摔在地上，被我們抓住了。」鎮長揪着蓋魯的衣領說。

後門也被撞開了，蘭斯帶着十幾人衝進來。

「報告魔法警察，有個無臉魔剛才從窗戶跳出去，當時我們在樹林裏，過去的時候它已經跑

了。」蘭斯看着二樓的海倫，喊道。

「奧古斯丁跑了。」海倫看看蓋魯，又看看達特，說道。

「尤力呢？尤力呢？」餓了急着問。

「關在籠子裏。」海倫指了指二樓的房間。

湯姆斯和餓了立即衝進房間，安迪鎮長和艾迪兄弟也跟了進來，看到尤力在籠子裏。尤力趴在籠子裏，剛才外面的對話它都聽見了，知道魔法警察們已經攻了進來。

看見湯姆斯他們進來，尤力猛地跳了起來，瘋狂地撞籠子，想要出去撲向大家。當然，籠子很結實，它幾次都反彈回去。

「我、我要吃了你們——」尤力大叫着，「我一定能出去的——」

「還不死心呢。」餓了說，「你跑不了的，等着被雙胞胎兄弟帶走關起來吧。」

「吃我的覆盆子魔藥，弄爛我的房子，重傷這裏的居民！」鎮長指着尤力，「你這下可完

了！」

　　房間外，海倫一把拉過來達特。

　　「我們把你關在這裏，蓋魯難道知道嗎？它們特地來解救你的？」海倫問道。

　　「哪有？它們說還有很多東西放在這裏，趁你們在鎮長家，就要取東西走。正好看到我在這裏，就放了我。我們剛要離開，尤力發現你們過來了，蓋魯就決定設下埋伏襲擊你們。哎，還不如當時先跑掉。」達特懊悔地說道，「這都是蓋魯的主意，不關我的事⋯⋯」

　　「達特！你這笨蛋──」蓋魯的罵聲傳來。

　　「海倫，我們不僅能抓到無臉魔，也能把這個尤力帶回去，放心吧。」艾迪走過來說，「你們去完成自己的任務吧，需要我們時，請立即聯絡。」

　　「好的，謝謝你們！」海倫用力點點頭。

　　「這次只跑掉一個奧古斯丁。」湯姆斯對海倫說，「這裏打成這樣，別的小無臉魔也不可能

138

再來這裏了。接下來……」

「是去抓奧古斯丁嗎？」餓了問。

「不，這個目標太小。」海倫搖了搖頭，說道，「接下來的行動，還是那個最大的目標——大無臉魔雷頓！」

〈第3冊完〉
〈第4冊繼續旅程〉

下冊預告

超級外援

海倫、湯姆斯、刺蝟餓了，終於來到亞伯丁。可是這個美麗的城市卻潛伏了各式各樣的邪惡巫師和殘暴魔怪，令他們捉拿大無臉魔雷頓的道路上大添障礙，而且連連遇險！

就在千鈞一髮之際，最強的猛將竟然從倫敦趕來救援了！餓了跟這位人物素未謀面，竟也看錯了他是「長大了的湯姆斯」。究竟這位外援跟湯姆斯、海倫是什麼關係呢？團隊有他的加入後，又會產生什麼火花呢？

緝捕大魔王之路，一站比一站兇險！

④ 古堡迷影

穿越到十一世紀的圖林根，解開古堡「魔鬼」之謎！究竟城堡裏發生了什麼事？

⑤ 石器時代的大將

穿越到新石器時代，追捕被通緝的「毒狼集團」成員，卻被一個騎着豬的大將捉住了⋯⋯

⑥ 龐貝古城行

穿越到公元前 55 年的斯塔比亞城，解救被「毒狼集團」綁架意大利投資家！

⑦ 百年戰場上的小傭兵

穿越到 1415 年法國阿金庫爾鎮東面的尚松森村，追捕「毒狼集團」意大利地區首領，卻被誤會為僱傭兵⋯⋯

⑧ 銅器時代登月計劃

穿越到銅器時代的一個地中海小島追捕「毒狼集團」成員，卻被村民綁了起來，用作試驗「登月計劃」！

⑨ 加勒比海盜大戰

穿越到十七世紀的加勒比海，追捕毒狼集團成員「加西亞」。怎料在路途中遇上海盜，一場加勒比海大戰一觸即發！

⑩ 與莎士比亞絕密緝凶

穿越到 1577 年的史特拉福鎮，緝拿毒狼集團成員「加雷斯」，拯救被挾持的少年莎士比亞！

⑪ 特洛伊攻城戰

穿越到三千多年前的邁錫尼文明時期，追捕毒狼集團慣犯庫拉斯，竟陷入特洛伊戰爭的險境之中⋯⋯

⑫ 誓保梵高名畫

穿越到 1886 年的比利時安特衛普市，保護世界頂級畫家梵高的名畫，阻止毒狼集團的偷畫奸計！

各大書店有售！ 定價：HK$65/ 冊

異域搜查師3

小鎮大怪

作　　者：關景峰
繪　　圖：紙紙
責任編輯：黃楚雨
美術設計：李成宇
出　　版：新雅文化事業有限公司
　　　　　香港英皇道499號北角工業大廈18樓
　　　　　電話：（852）2138 7998
　　　　　傳真：（852）2597 4003
　　　　　網址：http://www.sunya.com.hk
　　　　　電郵：marketing@sunya.com.hk
發　　行：香港聯合書刊物流有限公司
　　　　　香港荃灣德士古道220-248號荃灣工業中心16樓
　　　　　電話：（852）2150 2100
　　　　　傳真：（852）2407 3062
　　　　　電郵：info@suplogistics.com.hk
印　　刷：中華商務彩色印刷有限公司
　　　　　香港新界大埔汀麗路36號
版　　次：二○二三年十月初版

ISBN：978-962-08-8280-7
© 2023 Sun Ya Publications (HK) Ltd.
18/F, North Point Industrial Building, 499 King's Road, Hong Kong
Published in Hong Kong SAR, China
Printed in China